生活邊緣

畢飛宇

目錄

大熱天

時間讓太陽烤鬆了，蓬散開來顯得臃腫多餘。時間的剩餘往往成為感傷和哀怨的初始動因。時間折磨人時殘酷而又富於哲理，讓你加倍地疼痛與清醒。

正午

七層高的白色物理樓成了光頭的獨立王國。這個偉岸華麗的空間構架一直被光頭所覬覦。樓的七個層面按等差間距呈靜止的升騰狀態。為了迎接這個神聖空間，光頭去了趟理髮店。他挑選了一位最漂亮的女理髮師，女理髮師問話的語調像她的口紅。她一邊詢問光頭一邊在電子屏幕上選擇光頭的最佳髮型。光頭翻了她一眼，說，薅光了。塗口紅的女理髮師聽不懂「薅」這個漢字的意義所指，恰巧走過來一位插過隊的師傅。這位在海灘上和貧下中漁民一起拔過草的知青正確地詮釋了hāo的漢語詞義，他在大鏡框裡頭對女理髮師說，給他光頭。

光頭返回校園時已是正午，滿眼垂直線陽光。暑期的校園寂寥而又空蕩。陽光粗碩、茂密，硬邦邦地橫衝直撞，被水泥反彈回來在路面上搖晃。校園曬出了一層灰白色調。高大建築的輪廓線因面的明暗愈加筆挺，展示出自信沉穩的立體氣質。物理樓的四周籠罩了一圈青色光芒，彷彿傳說中悟道者知天曉地的靈光。正午的校園是大片大片的炎陽，是水泥與水泥的反光。光頭走進校門時一眼把空校從頭看到了尾，路兩邊對稱的建築與塔松遙遠地拉出縱度透視。透視使遠方變得山高水深，呈現出高等學府裡的源遠流長。

光頭爬上了物理樓的三樓。放假之前光頭依據自己的空間直覺選中了這裡。作這種選擇時光頭的口袋裡揣著大哥的來信，來信飄蕩著海腥氣，每個漢字都有海蠣子那麼大。大哥的信歷來都有文法和書法錯誤，但這些錯誤加重了大哥語調裡的種姓威嚴。大哥在信的最後一句寫道：放假了就回來，你怎麼過，我會安排。

光頭不想回去。這個念頭成了他肉體內部的生物組織。光頭沒有違抗過大哥。服從大哥一直是他的精神需要。但光頭不想回去，光頭的這個想法蓄謀已久，這個想法萌動的初始光頭緊張而又興奮。光頭渴望空間。空間如華麗的火焰跳躍在三維跨度裡。人類總是千方百計地延長自身的時間，這是一個哲學性的誤區。人們在空間面前的自卑影響了人類的想像力和生存技巧。出於對空間的崇敬光頭選中了物理樓——高大、空闊，氣質冷傲、卓爾不群。

一張草席。一枝筆。幾本書。牙刷毛巾。薅光了頭髮。光頭撕去了白色封條。一腳踹開了八十歲的鏽鎖。光頭做了七層空樓的國王。

正午的太陽兇猛銳利。熱熱的氣浪把光頭弄成了麵團，四周沒有飛鳥與蟬鳴，只有一把二胡在方位不定的地方顫悠。光頭的午睡一直在琴聲的邊緣晃動。光頭的午睡實際上只有十來分鐘，但光頭做了很長的夢，彷彿夢了一天一夜。這個時間比例有點像藝術。光頭夢得相當累，用了很大的力氣才從夢裡還俗。醒來之後他聽見那把該死的弓還在二胡的內外弦上滑動，極單調極無聊。光頭記不清夢了什麼，只是沮喪，就把沮喪聯繫到二胡的寡婦腔上去了。光頭想睡個回籠覺，卻是進不去。感覺頭上有些異樣，一摸，光的，就回憶起理髮店。理髮店的一切全是鏡像，局限在鏡框裡頭。

二胡聲斷斷續續，蓬鬆而又悠遠，在大太陽又白又亮的空闊裡側著身子四處搖盪。光頭站起身，以國王的威嚴決定找到這把混帳二胡，而後命令它休止。光頭不允許任何東西侵占他的領空，哪怕是聲音。光頭下了樓站在陽光裡頭茫然四顧，像置身於海面，測不準聲源的坐標位置。光頭摸著疼痛起來的頭皮覺得踟躕在一個委屈的夢中，弄不清目的與因果。

二胡深藏在體育館裡。空曠陰森的體育館內那個身穿綠色背心的丫頭坐在籃球發球圈的中央，馬尾辮跟著琴聲搖晃。她的整個身體成了拼木地面的一種點綴。視覺效果清涼而又遙遠。她低著頭認真地演奏胡琴。琴聲被建築的回聲弄得臃腫浮泛，但那聲音的筋骨還在，有一種鬆弛的穿透力，在空闊裡彷彿空間慣壞了的女兒，嬌柔無比卻又無所不能。光頭弄不懂琴聲怎麼能傳那麼遠。光頭看著綠背心撥弄二胡，想像不出自己在物理樓聽琴聲的樣子。

綠背心背對著光頭。後頸、雙肩全裸給了空蕩。兩條胳膊帶動馬尾像海藻一樣波動。光頭又看了一刻，下樓時的豪氣自己就消了一半，不知怎麼開口。光頭在拼木地板上走了幾步，對綠背心的背喊道：嗨——

綠背心轉過來一張驚恐的臉，怒氣沖沖。這個充滿敵意的對視進行在「嗨」的共鳴聲裡，「嗨」像貼在牆上了，成了紫褐色青苔。

綠背心回頭時光頭的第一反應是她的長相。這是青春男子對青春女子的必由判斷。綠背心的長相不算精緻，光頭感覺到自己臉上的神情更嚴峻了，只是不說話。綠背心回過頭去，回頭的動作裡有誇張了的傲慢。光頭繞到她的對面，盤了腿坐下去，光頭感到地板上很細的粉塵沾滿大腿。光頭看見她賭氣地重又拉起了二胡，不把光頭放在眼裡的樣子。光頭只是盯住她。看。綠背心的注意力承受不住過於集中的陌生目光，這也是人類共通的可笑的心理缺陷。綠背心說，你幹什麼你？

你別拉了。

關你什麼事？

煩人。

是你在煩我。

你別拉了。

這不可能。

你別拉了。

綠背心便不再開口，看光頭看她。光頭坐在地上只是不動。綠背心抓了樂譜、二胡就往門口走。神經病，綠背心在門口賭了氣說。

時間讓太陽烤鬆了，蓬散開來顯得臃腫多餘。時間的剩餘往往成為感傷和哀怨的初始動因。時間折磨人時殘酷而又富於哲理，讓你加倍地疼痛與清醒。夏日彷彿是上帝選中的哀傷載體，讓你的懷舊和憧憬全在夏日裡變得熱烘烘軟塌塌的，失去重量與造型，成為一種直覺，使你的內心獨白直接等同於夏日，熱烈，疲憊，蒼茫，無痕。

高大建築面前的陰影困難地向前蠕動，比幸運降臨得還要步履維艱。光頭透過玻璃看見體育場上全是陽光。草皮被曬得很蔫，顯得孤苦無助。綠背心走後光頭背起了沉重的空蕩與寂寞，空間把寂寞放大了，被情緒渲染得無邊無際。草坪上沒有人踢球。沒有人衝刺與阻截過人與射門。光頭一直不喜歡足球。海邊長大的人一般不喜愛局限空間裡的爭奪。光頭仰起頭在體育館內吼了一聲，從窗子上爬了出去。蹲在窗沿上他沒有忘記把盛夏又濃又黃的小便撒在館內。在那個通暢的瞬間光頭產生了錯覺，覺得自己不是在窗沿，而是回到了海上，騎著欄杆對大海盡情潑灑。

光頭爬回物理樓的三樓。寂寞隨他的腳步實實在在地升騰。物理樓的樓梯又悶又熱。風在午睡，它們躲在牆角或樹葉的底下追憶秋季。沒有一絲風。光頭想起了海上海風飄飛的時刻。海上的風是有直覺意義的，能看得見，在浪的圓背脊上，在海鷗飛行的弧線上。海是一個永遠新鮮和波動的話題。光頭想起了剛才的夢，好像又夢到海上去了。

光頭返回了三樓。光頭怎麼也沒有料到綠背心心安理得地把他的王位給霸占了。綠背心正悠閒地翻閱光頭的書。

你幹什麼？光頭衝上去，你怎麼又跑到這兒來了？

我幹什麼？綠背心甩開書站了起來，你管我幹什麼？你追著我你存什麼心？

這裡是我的。光頭的表情國界線般的威嚴。

你的？綠背心笑了，我不會再讓你了。

再說一遍，這裡是我的！

這世上沒有一塊是你的，包括你的肉體，你一死還得把那塊騰出來。——你的？你昏了頭了。

你走不走？

不走。

走不走？綠背心沒有答腔，坐了下去。

好。光頭也坐下去，看看到底誰先走。

午後

光頭決定轟走這個丫頭，這個身穿綠背心愛拉二胡的丫頭。青春期男男女女之間的事情有點像懸崖，要麼巔峰，要麼深壑，沒有中間地帶。在這個寶貴的夏季寶貴的空間裡光頭渴望在寂寞裡天馬行空。人的存在總是威脅人的沉默。

你怎麼不拉二胡了？光頭說，你拉得那麼好，這麼坐著太可惜。——你拉，我聽。

綠背心沒有理會光頭。她在看遠處的水塔和塔箱下面的那幾隻鳥，她一直在看。光頭起初也看了一會兒，後來目光就累了，從陽光底下收回來，看屋子竟一片黑。綠背心就那麼倚在牆上，平靜寧和地看，兩隻小奶頭在背心後頭似有若無。

喂，我在和你說話。

綠背心側過頭來，光頭猜得出自己在她的眼裡這一刻一定是黑色的。有什麼好看的，光頭說，不就是一座塔幾隻鳥？

什麼一座塔幾隻鳥？綠背心說，在哪兒？

你一直在看。

我沒看。我什麼也沒看。

你明明在看。光頭指著水塔——水塔頂上的陽光在晃動，沒有形狀也沒有顏色。

我沒有看。綠背心說，你不要以為眼睛盯哪兒就一定看哪兒。只有傻瓜才以為舞台上的演員在看自己。

行了行了，光頭說，拉吧，你拉吧。

拉什麼？

當然是二胡，你還能拉什麼？

不。綠背心抱住了自己的兩個膝蓋說，不拉。

你到底在這裡幹嘛？

光頭和綠背心一同返回了沉默。在這個夏日午後的沉默裡光頭對綠背心產生了更無奈的敵意。光頭甚至產生了買火車票回家的念頭。如果沒有大哥，光頭會回家的。光頭怕大哥，這種懼怕銘心刻骨。大哥長光頭近二十歲，年紀與長相都像光頭的父親。光頭有過幾次反抗大哥的悲壯紀錄，其結果是又一次鼻青臉腫地臣服。光頭對父親的印象極其淡漠，父親留給他的只有一張一寸見方的黑白相片，在條台的左側，打著黑框鑲在木龕的中央，褪了色，面部的輪廓線只剩下海風的痕跡。父親的性子剛烈如雷，他在壯年就匆忙地把性命還給了大海。光頭對父親有過多次設想，最後那張相片就放大了，活動起來，位移到了大哥的臉上。

光頭對父親的緬懷總是以大哥的形象作為終結，光頭對生命之源的哲學推究天生地無可奈何。村裡人對光頭長相的評價不是說他長得像他爹，而是說，「長得像他哥」。父親葬身大海之後老光棍海狗子託人送了光頭娘一句話，說他不嫌棄她寡婦娘兒們，只要她鬆口，就娶她。光頭的大哥找到了海狗子，往他的襠裡踹了一腳。大哥說：「想上我娘的身？小心我廢了你！」

光頭對海有一種血緣性渴望。大海是他的父親，光頭這麼堅定地推測。但大哥不許他下海，那句話大哥只說過一次。大哥的話自己不重複，只在光頭的耳朵裡由他自己重複。那種冒險的海上經歷光頭僅有過一次，那個冬季光頭無限迷戀海風，傳說中海風是一隻看不見臉面的怪獸，誰看見，誰就隨風而去。光頭終日坐在石頭上看海風。海風又硬又重又腥又酸。你看不見風，但浪是液體的風，大捆大捆在海面上奔湧。狂浪聳著肩頭被礁石拒絕之後，海風在岸樹的軀幹上彈性飽滿地弓起脊背，而後被枯枝劃成尖長的哨聲，消遁到遠處灰濛濛的空無裡去。海風遠遁時留下尖硬的指甲和毛茸茸的尾巴，又張狂又詭譎。

光頭感覺到了大海的召喚，大海無垠的死亡氣息在召喚光頭。這種氣息在大海的空闊裡展示出非生命因素的絕對威力。光頭甚至看見父親加入了它們，成了海的一種自然形態。

光頭決定下海。在駛向海的深處時光頭徹底忘記了大哥。對父親的憧憬義無反顧地替代了對父權的恐懼。光頭搖晃著向深海駛去，心安理得地接受了大海賜予他的海暈。光頭的胃東拉西拽地向上翻湧。光頭知道海神在給他洗禮，你不把岸上的吐個精光，海就容不得你。光頭的內臟全復活了，開始了昏天黑地的嘔吐。光頭跪在甲板上排山倒海卻又空無一物地嘔吐過後，光頭意識到自己乾乾淨淨，在大海高貴的純粹裡空空蕩蕩涅槃更生。

那個夜裡光頭看見了父親。那個夜沒有風。海的顏色就是夜的色彩，海的夜把時間抽象成一種偉大黑色。黑色是最近宇宙本體的一種顏色，這種黑如海一樣是液體的，柔和、流動、寬容、包孕、不可更改，無形無態卻又無所不在。不咋呼也不悲壯，不賣弄也不抒情，如同愛你的瞳孔墨黑墨黑地躲在你的眼睛裡，和你悄悄對視。在海的黑色裡，一切形體都顯得尷尬，失去了三維意義，順著海浪的節奏一維地向不朽延伸，直到宇宙概念上的永遠。方位與距離被黑色的博愛融為了一體，你能感到的只有節奏——非視覺形象的節奏——像初次的女子在你的身邊波動很有韌性的彈力，展示出生死之間混沌如初的生命原力。在那裡光頭看見了父親，父親的表情如海水的浮力，極易碎卻又無比固執。光頭進入城市與大學之後讀了許多哲學與歷史，那些深刻的思想沒有能夠幫助他弄通「父親—海洋—黑色」之間的關聯。

「你見過海嗎？」光頭突然這麼問。

「沒有。」綠背心冷冷地說。

「你為什麼不回家去？」這話光頭問過四五遍了。

綠背心沒有立即回答。「——你呢？」

光頭把那本褐色封面的書攤在手上，翻得心不在焉。「我爹早就死了，」光頭終於說，「我大哥當家。我不喜歡他當我的父親。」綠背心聽光頭這麼說，臉上的神色漸漸離夏季遠去。她取過二胡，小拇指頭在琴弦上上下滑動，發出來的聲音彷彿冰塊滑過冰面。綠背心臉上的氣色如多雲天氣裡的海面，色質斑駁。

綠背心說，你讀哪個系？我怎麼從沒見過你？光頭看得出綠背心的這句話說得勉強，在承上啟下的關口顯得笨拙。光頭沒有接話，只是看她。光頭注意到他和綠背心之間的敵意在某一瞬間出現了些許鬆動。光頭說，我也沒見過你。你應該見過我的，綠背心說，我演出過好多次，獨奏，台上台下黑咕隆咚的，就一束燈光打過來——你應該見過我。光頭想不起有一個女子獨奏二胡，倒是有一個男老師。女子獨奏的卻又不是二胡，是鋼琴。一身白紗裙，迎著四十五度的光束走過去，傲慢地鞠過躬就坐在光柱的喇叭口上，整個人藍幽幽的，演奏一些古典片斷。光頭說，沒有，我沒見過你，女子獨奏的只有鋼琴，沒有二胡。那就是我，綠背心笑起來，卻沒有笑聲。那怎麼會是你，光頭說，那人比你漂亮多了，藍得像剛從海水裡撈上來。綠背心沒有高興也沒有生氣，只是說美是需要距離的。光頭沒有接話，沒有在意美與距離的複雜淵源，心裡卻鋪展開了「距離」的海面景象。光頭盯住二胡底端的木刻馬頭，失神了。彈鋼琴的人似乎是不該拉二胡的，在光頭的家鄉智力不健全的人一律被稱作「二胡」，瞎眼的叫花子們就是抱著這個東西四處搜刮同情的。

黃昏

其實吧，我更喜歡二胡。二胡太常見了，人們就覺得它一般。其實吧，二胡真的不一般。我的鋼琴能到這個份上，全因為二胡。鋼琴太像機器，太科學了，是不是？有一年我到山村采風，在銀杏樹底下遇上過一個拉二胡的老頭，舊時候京戲班裡的，腦子有了毛病，他拉二胡都拉了一輩子了。他的琴拉得真的太好了。不像是拉出來的，像唱出來的。老頭說，所有器樂裡頭，最難最要天分的就數二胡。二胡的弓、弦、馬、千斤、皮，左右手調理的家當沒有一樣是硬貨，軟的，聲音裡有多少朝代，全在你手上，全得靠心，靠悟。老頭給我拉了他自己編的一個曲子。二胡就像他身體的一個部分，能聽見它的心跳和氣息。老頭說二胡和人是反的，人越活越老，到後來就僵了，死了。二胡呢，新做時死木頭一塊，你天天摸，天天撫，你的靈性就全移上去了，最後它就活了，聲音也有了靈性，能說出你的陰陽八卦。

這裡的黃昏過於晴朗。我生活的那座城市可不是這樣的。塞滿過濃的蒼茫氣息。到了這時候天上就有一層煙，其實也不是煙。有時好像還能聞到一點糊味。像5這個音，拉得相當長。我能聽見。

綠背心似乎很久不說話了，一開口就有傾訴欲。綠背心說話時彷彿還在看那座水塔。人總是不能把自己封得過久，一有機會往事就會任性地流淌。過多的內心獨白只有兩種人才有，偉人或小人。更多的芸芸眾生則在這兩個極限的廣闊地帶裡瘋狂傾訴。他們在說，創造語言使語言熠熠生輝。語言因為他們的存在而上天入地，出生入死。

綠背心對故里的緬懷渲染了光頭。光頭的敘述從故鄉開始了遙遠的追憶。光頭聽見的不是5，是另一種聲音。黃昏時分機器聲不再喧囂，海浪優美傲慢地響起來。光頭的家離海只有兩個足球場那麼遠。那些浪從深海遠隔重洋而來，浪的間距特別地長。上岸時嘩的一下，而下一聲嘩必然在很久之後。那種排浪有幾里路那麼長，隨岸的凸凹參差登岸。第一回進城光頭就失眠了，沒有長長的嘩啦聲，反而要醒。在單調的波浪聲裡你會覺得床是用水做的，藍藍地帶你往遠處漂。

海是個怪東西。海收納了那麼多生命蘊藏孕育了那麼多生命，就是容不得人，不管你是誰，死在海裡就一定被海吐上岸來。光頭的村莊每年都能收到大海退回來的屍體。打魚的就不一樣了，他們在深海，屍體總是要餵鯊魚的。光頭每次吃魚就會想起鯊魚吃他的父親。牠們三五成群地衝向父親，像酒席上的筷子雜亂無章地夾魚那樣扯開父親。光頭堅信父親早就變成了一條最兇猛的鯊魚，在大海的深處張開背鰭如他在漁村那樣霸道橫行。父親的家就是海，有水的地方他都能找到快樂和自在。光頭多次設想人類的初始為什麼不選擇在水裡，液體世界是絕對空間的烏托邦，沒有道路、境線或建築，沒有固定的生存平面，所有的液體狀態都是道路和空間，沒有阻隔，沒有自由落體，就像音符在旋律裡那樣。可海是個怪東西，它容不得人。

光頭的父親死在海裡是有先兆的。父親的綽號是鯊魚。綽號對人的意義遠遠大於姓名的意義。父親葬身魚腹命中注定。這非常符合他生前的意願。在撈起海邊泡得發白的屍體時父親總是說，千萬別讓別人看見他死的樣子。英雄們不注重自己的生，卻關心自己的死。死的方式說到底是活的方式的一次總結。為死而生和為生而死，區分了英雄與凡夫。

父親生前的許多事早已是村中的民間故事了。他的口頭禪則成了通用俗語。父親死時四十八歲，死於這個年紀的男人一定是上帝安排好了的，他留給後人的永遠是生命的巔峰形象，沒有昏聵與龍鍾。人們在千方百計地延年益壽，努力的結果只不過給後人多一些笑柄。四十八歲，男人死亡的黃金季節。四十八歲，男人走向上帝的必由之路。男人一過四十八歲，活得越長，離上帝越遠。

父親年輕時活得風光，光頭的爺爺死得很早，他也是死在海裡，不過他的屍體讓海水退了回來。爺爺的早死為父親的風光提供了先決條件。父親生下來就成了父親。他沒有做過兒子。父親年輕時有一句最著名的話，這句話風靡了百里海岸線：「走，打架去。」父親四季不穿鞋襪，終年光著紅紅粗粗的十根腳趾。他走過的海灘一律留下雄健豪邁的外八字，像排了兩行粗碩的海蟹。一九四八年冬天父親的外八字甚至甩進了革命隊伍，父親惹了禍。為了一筐鰻魚父親和財主的三兒子發生了戰爭，盛怒之中父親削去了財主三兒子的一隻耳朵。父親自己也沒有意識到他進行的是一個階級對另一個階級的殘酷鬥爭。在雪夜裡父親逃跑了，提著財主三兒子絳紅色的左耳父親走進了革命隊伍。父親端起了三八槍，向地主階級剩下的另一隻耳朵發起了更猛烈的進攻。

父親出生入死屢建戰功。但父親沒有打過長江去。父親沒有將革命進行到底歸咎於戰前的慰問演出。慰問團裡出現了一位身段嬌小的女演員。這位女演員演出結束時向下鞠躬，她的目光與第一排的父親轟然相撞。父親想起了自己的年紀，雄風勃勃，春潮澎湃，父親的身體發出藍色火花。他提著三八槍找到那位可愛的演員，當天夜裡可愛的小演員就做了光頭的母親。

父親沒有被槍斃。他救過團長的命。父親打道回府成了海岸線上百里傳頌的英雄。父親說，他見過朱德和蔣介石。父親說，子彈打到人的頭上會炸成鐵鍋那麼大，在半空濺起鮮紅的血光。父親說，人的心不好吃，酸，吃下去胸口跳得厲害。父親說，他睡過的女人有網裡的海蝦那麼多，個個新鮮，活蹦亂跳，光頭的母親是最醜的一個。

我出生時父親離四十五歲差兩個月。光頭慢騰騰地說，我娘生下大哥之後，變得不會生了，歇了二十多年。我嫂子懷孕後我娘卻又懷上了我。怎麼說老蚌得珠呢。娘生下我後地瘦泉枯，擠出來的奶水還沒有我的眼淚多。我就喝大嫂的奶水。我是喝我大嫂的奶水和我的姪兒一塊長大的。我的姪兒不會說話，是個啞巴胎，趴在海灘上像一隻大海蚌，終年吐著粉紅色大舌頭。綠背心說她沒見過海。綠背心說話時黃昏裡的表情若有所思。綠背心的音調像二胡的揉弦。綠背心重複她沒有見過海，海在她的想像中被她的年紀誇張成紫色。但綠背心說她並不特別喜歡海，她喜歡總體上可以把握的東西，像湖或別的什麼。

綠背心的母親又瘦又黑，是大學裡的老師。一年四季身上紅裝素裹全是文化風景。這個單身女人總是抽太多的菸，抽菸的造型使她孤寂，使她永遠籠罩在往日歲月的追憶之中。小時候綠背心不喜歡女人抱她，專挑有菸味的男人。綠背心不喜歡菸的氣味，但綠背心迷醉於人體飄散出來的生動菸味。更多的時候綠背心的母親像男人，走路的樣子夾菸的樣子都很男性。

我也沒有爸爸，綠背心說，不過呢，我和你不一樣，我想我的爸爸還活著。

我是私生的，很早我媽就告訴我了。我是我媽偷著生的。我挺自豪我是私生的，除了沒有父親，真的沒有什麼。綠背心說話時把玩自己的指頭，水塔的輪廓漸次被黑色侵蝕。

綠背心的母親從來不對綠背心的生命之源作任何交代。綠背心一問她就生氣，就不和綠背心說話了。綠背心對自己的生存狀態一直有一種難以名狀的飄搖動感，尋找父親成了她生活的背面。每一個從家門口走過的男人，每一個和母親說笑的男人總要被綠背心警惕地懷疑。綠背心的母親總是一個勁兒地逼她練琴。綠背心不知道她是不是真的喜歡音樂，但從母親的執拗中綠背心隱隱約約地覺得：讓她學琴和媽的過去有些關係。

尋找父親正如尋找樂感一樣成了綠背心內心感受中波動最大的部分。一個隱著，一個顯現。綠背心必須找到父親，哪怕是父親的感覺。完全是一種血緣性暗示綠背心選擇了音樂，只有沿著鋼琴的燦爛音質才能最後找到。母親是留校六個月之後生下綠背心的。媽承受了巨大磨難。綠背心最初的方向定在了媽的大學同學之中。綠背心花了很大精力才否認了那些男性同學。排除和尋找一樣困難。綠背心終於發現了一個極其重要的細節，母親對她演奏的所有曲子都很放任，尊重她的想像與表現，唯獨對蕭邦的《G大調夜曲》百般挑剔。彷彿有一個藍本在遙遠的過去成了這段音樂的依賴形式，母親的樂感裡與這個藍本的任何出入都將是錯誤的。哪怕是極細微的處理。音樂就這樣，越是一般的、世界的，就越是特殊的、個人的。綠背心終於在這首鋼琴曲閃爍的粼粼水光中發現了父親支離波動的形象。生父一直在綠背心的想像之中為母親演奏這首曲子。綠背心能聽得見，鋼琴的高音部分純淨無比，沒有風，沒有纖塵，月光明媚，透明，永恆，古典，純粹得如同空間的拐角處，新鮮、慈愛。

那個下雨的晚上是母親的生日。母親坐在燭光底下，她的面部輪廓布滿雨意。蛋糕和蠟燭都是綠背心買的。高中生，喜歡這些。母親把她的燭光年華一根一根吹滅了，母親說，不開燈了，就這麼坐坐。母親在沙發裡自語說，年紀大了，你也快讀大學了，我也該嫁人了。媽經常這樣自言自語。電視開著，媽說這些話時表情平靜如水。電視機裡的色彩在她的臉上變幻不定。那個著名的男高音歌唱家從教五十週年文藝晚會在省台綜藝頻道準時播出。老歌唱家曾做過母親的老師，他的滿頭銀髮在校園裡留下了滿地的古典遺風。老歌唱家的壓軸戲不是唱歌，卻是鋼琴。老歌唱家的修長指頭水藻一樣在黑白鍵上搖曳，生動而又華麗。《G大調夜曲》後來就響起來了。綠背心坐在電視機前只聽了兩句胸中就吹起了空曠古遠的風，她的聽覺清晰地看見了她的生命之流在琴聲裡躍動。聽覺的發現比視覺的發現有時還要準確動人一萬倍。綠背心的血液在那種傾訴流動的旋律裡湧向了歌唱家的手指，綠背心的血液在他的節奏裡向他的指尖呼喚。這一切來得太突然、太精確，很多日子之後綠背心才醒悟，這些巧合全是一場精心安排。母親沒有吸菸，也不看電視，她就那樣聽，她傾聽時的模樣讓綠背心心碎。歌唱家在特寫畫面上轉過了頭來。他優雅的目光看著鏡頭。綠背心戰慄著從歌唱家回頭看的動作裡幸福無比地看見了自己，心在胸口橫七豎八地狂跳不已。綠背心不可遏止地說，媽！媽平靜地從沙發上取過香菸，媽說，怎麼了？媽在黑暗裡和綠背心怪誕地對視，時間瘋狂地飛舞。一個巨大的秘密突然間心照不宣，又瞬間堅決地走向另一個秘密。心照不宣的秘密一旦再次轉入秘密，將成為永恆絕望的秘密。媽說，還是他彈得好。

媽卻真的出嫁了。媽嫁給了圖書館三樓資料館的近視學究。

夜晚

夜色莊重而又體面，對世界無微不至。遠處的路燈如夜的夢，似醒非醒於飛行昆蟲的追逐之中。這是一個令人遐想與體驗的時刻，許多精緻的思想與情緒就產生於這樣黑色體積之中。有一輛自行車從路燈下飛速駛過，留下一串鈴聲，急促、悠揚、富於啟發性。夜就是路燈在黑色中的位置，明亮的意義也僅僅局限於暗示黑色。

光頭與綠背心依然在物理樓的三樓。他們的座位在他們啃完乾麵包之後作了一次對調。這個對調毫無意義，但是必須。生活就是毫無意義與必須的辯證統一。他們交替著用光頭的牙缸喝自來水，綠背心清晰地聞到了漂白粉加芒果牙膏的混雜氣味。蚊子的叫聲又細膩又洪亮，聽得出牠們的翅膀瘦小而又賣力。那些聲音在黑色過廊裡呈多種弧線，環繞在人類的聽覺邊緣。靜坐了一刻綠背心說，東邊的那個衛生間是男的吧？光頭說，什麼男的女的，放了假的衛生間哪裡有性別。綠背心說，天黑了，你陪我去。光頭說，那怎麼行。綠背心說，怎麼就不行，反正沒有性別了。光頭小心地送她到東首，聽見很急促的流動聲夾著哨音熱湯湯地傳播。光頭對自己的聽覺變得新鮮有些不滿意，生氣地轉過頭。重新坐定後綠背心說，我憋了好久了。

綠背心拍了小腿一巴掌，清脆的聲音在過廊裡拉得相當長。綠背心說，怎麼這麼多蚊子。光頭說，到五樓上去，蚊子飛不了那麼高。綠背心站起來，光頭感覺到她的臉上掛了笑。這種假定性推測使他對夜色充滿了感激與崇敬。一股細碎的幸福湧上來，光頭有點不知所措更覺得不可告人。

光頭拉著綠背心的手向五樓爬去，黑色隨他的腳步一階一階地向上升騰。光頭從綠背心給他的手感中發現了自己的燥熱。她的手很涼，甚至是冰。光頭對大熱天裡綠背心的這種手感感到驚奇。光頭在黑色之中緩慢地行進，黑色在他的觸覺裡極富韌性極其動人地向後退卻。光頭摸了兩張椅子，說，坐吧。綠背心沒有坐下去，文不對題地說，我很安全，對不對？光頭弄不懂綠背心這句話的意義所指。光頭回答這話時體會到一種沮喪。樓下又不是海水，光頭說，你當然安全。

很長的一段沉默在黑暗裡蜿蜒。人只有在獨處時才能接受沉默，只要有他人，人的聽覺便會過分地依賴聲響，敏銳地發現聲響。

說說話吧，綠背心說，還接著上面的說。

我說到哪兒了？

那個啞巴胎，像海蚌一樣的啞巴胎。

嫂子的奶水餵大了光頭。奶水是一個怪東西，奶水像海一樣讓你琢磨不透。嫂子的奶水使大哥的父權意識來得有點理所當然。少年時代光頭一直懼怕大哥。大哥的拳頭把它們連同疼痛一起交給了光頭。大哥生下啞巴胎之後開始了漫長的女兒繁衍工作，嫂子以年為週期，一連在大哥的面前排下了六個女兒。大哥陰了臉說，行了。大哥說過行了就把嫂子送到鎮醫院給騙了。騙完了嫂子大哥就下海，一連六個月沒有上岸。

嫂子喜歡光頭。光頭理直氣壯地接受了這份喜愛。嫂子與母親在沙灘上補網時光頭注意過嫂子和母親的本質區別。母親早就是一條魚乾了，嘴巴和手背在太陽底下露出了枯木頭的植物纖維。母親的胸脯風平浪靜；而嫂子，則像風帆鼓滿海風，她寬碩的胸前兩個蓬鬆的奶子是大寫的母親形象。光頭依賴自身的生命直覺認定了母親不在於「育」而在其「養」。光頭的存在證實了生命史上的千古絕唱，有奶便是娘。

六個月之後大哥從海上回來。大哥的臉龐在燈光底下長滿鱗片。大哥喝了很多酒，他喝多少嫂子給他斟多少，當天夜裡嫂子房間裡床板發出震撼人心的撞擊聲，那聲音飽滿熱烈卻又無可奈何，大哥說，你給我生個帶把的，你給我生條海參乾來。

嫂子望著她的六個女兒，臉上的神情海風一樣不定。六個女兒鱗光閃閃，妖嬈得如同鰻魚穿過罅隙。又有什麼用，嫂子說，還不是睡在下面，替人家喘氣的貨。

大哥的這次歸來對光頭來說是災難性的。光頭意識不到自己的襠裡夾著家族的種姓使命。大哥拎著光頭的耳朵來到父親的亡靈面前，大哥坐在破椅上，問，長大後你做什麼？

下海。

大哥就送過來一個嘴巴。

光頭捂著臉轉過臉去，母親遠遠地看這邊，母親的眼裡已經開始長白內障了。

我要下海。

大哥又送過去一個嘴巴。

你看著我，大哥瞪圓了眼睛臉上捲起了九級狂浪，看著我！大哥吼道，你不許下海！你要讀書，進城，出人頭地！

我不讀書！光頭仰起頭這樣回答。光頭轉過臉去撒腿狂奔。光頭奔跑時帶有腥味的氣體在耳邊呼呼生風。光頭聽得見一雙外八字的腳步聲在後面越來越近。那雙拖慣了粗大纜繩的大手抓住了光頭的細胳膊，差點把光頭擠出水來。光頭被大哥提在了手上，兩隻腳在半空騰雲駕霧。大哥把光頭鎖在了小廂屋裡，那裡堆滿了破網破帆以及過時的漁槍漁岔。陽光鎖在外頭了，小屋裡是骯髒腥臭的黑色。光頭倒在破網上覺得自己成了一隻斷翅蒼蠅，奮力掙扎只能在原地打轉。

光頭憤怒地罵道，放我出去，你這狗娘養的！光頭的叫罵聲夾雜著姪兒莫名其妙的聲音嚇壞了夜間爬行的老鼠們，牠們蜷在洞底，用驚恐的圓眼偵察一切可疑之處。大海黑暗下去，濤聲響起來，月光在海面上千閃萬爍。

光頭躺在漁網上追憶晴朗的海底。他尾隨在海鬼的身後。老海鬼六十多歲，這傢伙從不出海，他就在近海靠他對潮漲潮落的精確判斷發現了大海的無數珍奇。他答應光頭跟在他的身後，但從不和光頭說什麼。大海的無數秘密深藏在老海鬼的沉默裡頭，光頭就跟在海鬼泡得發白的十個腳趾後頭，光頭用各種姿勢在水裡行走，他睜著眼，海水冰涼滑溜，從他的眼球上滑過，有一種華麗的觸覺。繽紛的魚類安然閒適，與光頭相忘於海洋。藍色由淺入深最後成為海底的墨綠，修長柔和的海藻們翩翩欲仙。光頭快活得幾乎長出了腮來，水下動物才是最走運的生命，牠們生存的液體空間是空間的絕對形式。

光頭的這次關押長達兩個日出日落加一個月出月落。在這個漫長的世紀裡大哥在牌桌上輸掉了他六個月的全部錢財。沒有人敢對大哥說放人，沒有人敢拿出東西塞光頭的肚子。光頭在黑暗之中做出了殘酷的自殺決定，他一定要在大哥的面前把漁刀送進自己的胸口裡頭。光頭想像著自己胸口血光飛濺的慘烈場景，看見了大哥的滿臉悲痛與後悔，看見了大哥在整個漁村低著頭走路的沉重模樣。後來光頭推翻了這個計畫，光頭決定放一把火，讓自己和房子一同在大火中劈啪地炸個不停。光頭要死得轟轟烈烈，在傳說中東倒西歪。再後來光頭沒有力氣了，光頭忘記了自殺與報復，恐怖也隨老鼠磨牙聲變得具體。光頭想喝奶，光頭流下了堅硬的淚珠說他要喝奶。

清早大哥從賭桌上回來。嫂子說，鑰匙呢？大哥說什麼鑰匙，嫂子說，兄弟還被你鎖在小屋裡呢。大哥就開始摸口袋。大哥的每一隻口袋都是空的。大哥說，砸開。大嫂砸了門從地上抱起光頭，光頭在大嫂的懷裡從清早青灰色的光線裡認出了大嫂，光頭失聲說，娘！光頭的母親在遙遠的角落聽到了這個錯誤稱謂。嫂子轉過頭來，對大哥說，你這個畜生！光頭即將暈厥之前感受到嫂子說「畜生」這兩個字時身體的傾斜與收縮。大哥便給了她一個嘴巴。大哥說，你閉嘴。

出海之前大哥讓光頭跪在自己的面前，大哥說，看著我，告訴我長大了幹什麼。光頭跪在地上望著大哥陌生峭厲的目光，光頭說，讀書，到城裡去，出人頭地。光頭想了又想，補充了一句，不下海了。大哥就點點頭站起來，拍拍光頭的腦袋。

近視的學究能流暢地朗讀英語法語和俄語，但是說不好漢語。學究的表情也像某種西語單詞，肯定有它的意思，卻譯不過來。母親結婚前一個星期學究摁響了綠背心家的門鈴，門鈴聲是綠背心極喜愛的單音節，—31—，就響了一下。綠背心知道不是她的同學，她的那些考完了大學的高中同學摁下門鈴後電鈴總像演奏一支曲子。綠背心打開門，門口站了一位穿短袖衫的謝頂男人，右手下面放著滄桑的棕色牛皮箱，臉上的笑容極不踏實。綠背心回過頭去，母親低下頭目光就從眼鏡的上框看了過來。母親走到門前，一隻手扶在門框上，笑得不十分順當，說，這是你艾叔。

綠背心沒有開口，拉下了上眼皮，側過身子讓出了人體與牛皮箱的空隙。艾叔進門後空間立即被不同內容的目光分割成多種幾何方塊。空間與空間產生了相抵觸的互補勢態。艾叔坐在沙發上，像一個調值不定的鋼琴鍵，旋律一到他的身上就變了。艾叔不住地扶眼鏡，他扶眼鏡的動作帶有某種掩飾性。母親說，你喝點水吧。艾叔說，喝點水。

綠背心說，我出去了。

綠背心的淚水在她走出家門之後變得洶湧。淚水來得過於突然，超出了心理過程。去「爸爸」那裡就是在這個超前過程中產生和奔騰起來的。尋找「爸爸」是情緒與感覺的自由落體，如蘋果在枝頭搖曳，一旦成熟，便無枝可依。

絳紅色專家樓群掩藏在夏日的蔥郁之中。繁雜的花朵使道路顯得麻木無情。綠背心站在塔松的陰涼下，遠眺那幢奇特的尖頂小樓。綠背心堅決地推測自己的生命一定原始於這幢兩層樓房。綠背心失神了，夏季在她的眼裡綿長孤寂蒼茫杳遠，夏季在她的眼裡以羽毛的姿態做自由落體。

一群很年輕的笑聲從小樓裡傳送出來。他們氣息很好的美聲笑法使他們的愉快渲染了整個夏天。他們從絳紅色的木門裡魚貫而出，穿著得體，男有男相女有女態。最後出門的是老教授，那個男高音歌唱家。他的白髮優雅高貴，點頭與招手之間集中了文化與藝術精神。老教授沒有走向台階，在回頭進屋時他遠遠地看見了綠背心。他扶眼鏡的動作說明了這一點。這個遙遠和不確切的對視越過了憂傷的植物，如花的開放一樣悄然無聲。綠背心的內心經歷了一個短暫空白，那些生動、細碎的潮汐就開始柔和、堅韌地波動，在謐靜中洶湧，浸漫了不可追憶的往昔歲月。生命的正確形式完全是父親的站立姿勢和審視姿態。父親站立在那頭，隔著人工植物。

很長時間之後，綠背心追憶這次不成功的見面時依然那樣恍惚，有點像黑白相片的底片，該黑的地方空著，該空的地方卻又黑著。生命也許就這樣：更換了空間就面目全非。空間錯位之後時間就不夠順理成章，失去了演繹意義。父親沒有任何舉動。他又扶了扶眼鏡，轉過身去。他的背後留下了大片憂傷的植物和大片淚眼模糊。他的身後留下了時間的裂罅，時間斷裂時發出了很古怪的聲音。

綠背心是在第二天清晨回家的。一夜的四處漫遊使她的小腿腫脹如鉛。單眼皮也雙起來了。銅鑰匙被她插進鎖孔時在她的手上留下了親切細膩的手感。這是「家」的手感。這時的門後響起了急促的皮鞋聲，母親打開了門。綠背心見到母親時一股陌生的委屈不可遏止。她伏在母親的肩頭，綠背心日漸豐厚的乳房貼在了母親的乳房上，母親的乳房鬆了，在綠背心傷心的抽泣中無奈地往後退卻。這種感覺加重了綠背心的無限傷感，綠背心說，媽。媽沒有說話。媽的沉默形式像一個深刻的悲劇。艾叔從沙發邊走過來。艾叔的臉因一夜劇烈的自責顯得結構鬆散。艾叔站在母親的身後不知所措，欲說又止的樣子十分迂腐。媽說，我們吃早飯。

媽走進廚房後艾叔打量綠背心的神情顯得緊張。艾叔回到沙發原來的位置。艾叔的雙手放在膝蓋上嘴裡發出煮稀飯的聲音。艾叔說，我只是娶你的母親，並不做你父親。綠背心抬頭和他對視了，艾叔把目光游移開去。艾叔說，我有孩子，我知道你想什麼。

深夜

城市很安靜。這一刻城市沒有耳朵與眼睛，夜色如液體消解了牆與空間形式。白天裡人類喜愛牆，人類的一切活動都是依賴於牆而完成的。牆在人類的想像力之中占有的體積越來越重。人類成熟與文明的標誌是城市，城市的標誌則是更精緻、更華麗、更高大、更結實、更具有區分力的牆。深夜的城市是海底，人類的欲望與情致甩動起夢的尾巴，四處游動，自在自如，沒有阻隔。太陽升起之後人類已經發現，宇宙越來越小，總有一天上帝將無處藏身。

夏夜很空闊。空闊裡仁慈的黑色安然不動。黑色是另一種意義上的透明，使每一處都永恆，都具備宇宙意義。

睏嗎？光頭說。

不。你呢？

不。幾點了？

管它呢。時間毫無意義。

光頭對女人的渴求內分泌一樣不可遏止。這樣的日子如期來臨。光頭被自己的身體弄得情迷意亂。他不知道身體裡頭發生了什麼。光頭的身體被海鮮高蛋白撐得高大健壯，海風從他的耳邊吹過時發出無奈的哨聲。光頭從縣城的考場上返回村莊，在一大堆巨形鐵錨旁邊遇上了大哥。大哥說，考上了？光頭與高采烈回答了大哥的詢問。光頭說，秋天我就要進城讀大學啦。

大哥用了三個白天陪他的弟弟喝酒。大哥領著光頭走遍了沿海的所有酒店。大哥用沙嗓門點好菜好酒，大哥向所有的人宣布他們家要出大學生了。光頭的臉窘得通紅，光頭說，剛考完，分數還沒有下來。大哥說，你到底有沒有考上？光頭說，我只是覺得考上了。大哥的巴掌拍在光頭的肩上，開心地咧著大嘴巴望著所有的人，聽見了，大哥說，他考上了。

等待分數的日子光頭閒蕩在漁碼頭。許多人用驚異的目光打量幾十里海邊上第一個新科狀元。光頭的眼睛十分敏銳地捕捉了飛娥的目光。那些日子飛娥一直頭戴斗篷，藍格子短褲剛到腿肚，她的小腿粗黑光潔，有一道耀眼的反光。飛娥提著漁刀每過一些時候就要上下走一趟，在離光頭最近的拐彎處眼睛給光頭抛下許多東西。光頭把涼鞋擺在一處，光著腳若無其事地隨便走動。光頭看準了沙灘上飛娥的一隻腳印，五個腳趾在腳掌的前部又分離又聯繫，栩栩如生媚態萬方。光頭走上去，小心把腳放在腳印上比畫了幾下，隨後緩緩地踩下去。光頭的腳掌在飛娥的腳印裡體驗到了沙質細膩體貼的觸覺，這樣的體驗深刻、陌生。這時的海一個勁兒地藍，閃耀萬頃光亮。光頭回頭時飛娥目睹了這個驚心動魄的場面。一陣海風撩起了飛娥的頭髮，一縷一縷貼在飛娥的腮部和唇沿。光頭看見了飛娥的下唇在頭髮後頭無力地掛下來，眼光也像海藻一樣左晃右動。

光頭就此升入生命的昏迷階段，光頭在飛娥獨特的鹹腥氣味裡向深水下潛。光頭憎恨皮膚，皮膚像牆，使生命與另一個生命區分得如此徹底，光頭渴望飛娥能嵌在自己的身體上。光頭抱緊飛娥所有的感覺顛三倒四。光頭顫抖地說，怎麼了，我怎麼了？飛娥的身體像細碎的沙子絕望地往下流動。飛娥閉著眼睛文不對題地不停重複，我十八了，我都十八了。

光頭是在沒有月光的夜裡被一隻手電捉住的。告密的是他的啞巴胎姪兒。光頭的裸身被大哥從沙灘上提起來，正反批了八個嘴巴。光頭的大腦與身體一片空洞。他的舌尖舔到了自己血液的腥甜味之後認出了大哥。啞巴胎姪兒在手電的餘光裡盯住飛娥的身體，嘴裡發出的聲音讓光頭痛不欲生。光頭對大哥說，我哪裡也不去了！我要娶她！我明天就和她成親！大哥的手電在光頭的頭上開了個窟窿，大哥說，有海腥味的女兒身，你一個都不許上，你要不聽，小心我騸了你。

光頭捂著窟窿，血漿從指縫裡熱熱地飛湧，父親的形象在死亡那頭冷眼盯著光頭。父親不可抗拒。父親與兒子絕不是一個輩分與另一個輩分，而是一個階級對另一個階級的專政，是一個空間對另一個空間的籠罩。

光頭在離開漁村的最後一個夏季裡補養傷口。光頭從自己的血液裡聞到了與大海不同的腥氣。那些流淌的款式暗示了一種波動，光頭被它支配，只能不停地懷舊與懷舊。海作為一種神往成了光頭未來歲月的追憶內容，波浪、蔚藍、沙灘，以及飛娥的體形一樣曲曲折折蜿蜿蜒蜒的海岸線。

城裡寄來的通知書比預料的要快。光頭的名字用電腦打印的，方方長長有點像長城的垛口。光頭認定了那個垛口一樣的長方漢字才是真正意義上的自己，它使自己符號化了，如一只貝殼，被一隻手隨意撿起，帶得非常遙遠，與大海彼此毫無關聯。

「理想」的實現是對自我的一次殘酷放逐。父性永垂不朽，我們的放逐就永無止境。光頭終於在大哥驕傲的目光裡離開了漁村，光頭站在村口做了一個長嘆，大海的氣息在這聲長嘆中離異了光頭。光頭的腳掌永遠失去了體貼入微的沙灘觸覺。光頭被哲學錄取了，就此步入城市。

綠背心的雙腳在火車的遠行之中腫大了，黃昏時分她背著背囊站在了家的門口。鋼質門很陌生，塗了一層紫紅色。母親和艾叔搬入了新居，母親在來信中詳盡介紹了新家的位置和樓層。綠背心站在家的門口心裡出奇地緊張，類似於第一次在豪華飯店裡尋找客人。綠背心沒有鑰匙。她敲了門。她等待母親和母親帶有菸味的笑聲。

開門的是一個陌生男子。堵在門框中間和門一樣高大。他俯視著綠背心，綠背心從他的額頭與下巴那裡看見了艾叔的青春歲月。綠背心點點頭，綠背心用很大的聲音叫了聲媽，隨後對艾叔微微一笑，表情的次序邏輯嚴密。

晚飯相當豐盛。兩個家庭在桌子的四邊相對而坐。夾菜時大家的筷子盡量不伸向同一個盤子。艾叔關心了綠背心幾句，母親關心了「他」幾句。他的目光在排骨湯的熱氣上面打量綠背心，說，我也是昨天剛回來。我是艾葉。艾葉說：「我很高興認識你們。」艾葉回到家裡，首先開始了社交。

你學音樂，是嗎？

是的。

我在讀建築學碩士。

他從小就對建築感興趣，艾叔說。

建築很難吧？母親拿著調羹問。

建築就是牆，艾葉說，比什麼都容易，宇宙中唯一沒有反抗力的就是空間。

艾葉不停地說。他對語言似乎有一種依賴，綠背心感受到他的饒舌有一種使命感。饒舌成了某些家庭「家」的象徵。像艾叔臉上的微笑，彷彿時刻都想證明，我們是一家人了。他說一些笑話，不特別好笑，但艾叔和母親都笑出了聲來，綠背心聽得出勉強。綠背心突然覺得自己的家已經成了一個麻將牌局，一些勝負正不均等地等待。吃完飯艾葉掏出香菸，遞給母親，給母親點上，而後給自己點上。他的點菸有點外交。母親說，今天累了，就不練琴了吧。綠背心把手伸出來，說，全腫了，腳也腫了，算了。綠背心便走進自己的小臥室，心裡一片空洞，火車的聲音卻復活了，開始了咣啷咣啷。

母親終於走了進來。母親坐在綠背心的床沿開始了無限寶貴的沉默。沉默使夜變得柔和、舒展。綠背心坐在母親的身邊，把被子擁得很緊，綠背心想起了初中一年級的那個梅雨天。濕淋淋的放學路上綠背心驚奇地發現下身往下流血，有一種蟲子爬動的溫熱感。綠背心回到家躲進了衛生間，用洗腳布慌亂地拭擦，媽扔掉了手裡的菸，媽用溫水給綠背心認真地擦洗，隨後拿出了自己的家當，教會了綠背心幾種結扣方法。一切都停當了，綠背心和母親一同坐在衛生間裡，用很怪異的目光對視。綠背心緊張地問，我怎麼了？媽一直不開口，媽後來終於說，你長大了。媽的這話不如以往那麼自豪，媽的語調裡有梅雨一樣飄飛的哀怨。

媽把綠背心的手放在掌心裡，輕輕搓揉。媽說，你一生下來，我就讓醫生抱了過來。所有的母親都是先看男女，可我不，我先看了你的手。看了你的手我就哭了，多精緻的手呵，我的小寶貝。天底下的鋼琴排了隊在等你呢。

其實吧，我並不特別喜歡鋼琴，綠背心望著媽說，其實吧，我更喜歡二胡。

你瞎說什麼，你怎麼能喜歡那種東西？

我已經拉上了。我選了二胡了。

誰讓你拉二胡了？你胡鬧些什麼？

二胡的聲音又美又鬆，那麼滄桑，我特別迷戀二胡音質的那種氣質，二胡……

不行！你不能拉二胡。

為什麼？我就要拉。

媽說不行就是不行。還沒到你和媽頂嘴的時候。

媽？

媽什麼都依你，這個不依。

有關二胡與鋼琴的爭執在春節的氛圍中行進。綠背心看見母親與自己像汛期過後的江灘，在失去滋潤的秋風裡無聲龜裂。綠背心每天只活動活動指頭，黑白相間的琴鍵那麼冷，而鋼琴的琴聲又總那麼清洌，完全是不管人間死活的漠然。

艾葉說，你和你媽怎麼了？

綠背心說，這是我們家的事。

艾葉說，我們在一個屋簷下面。

綠背心說，我並沒有說你寄人籬下。

艾葉說，我只是關心你。

綠背心說，你更應該關心你自己。

綠背心說完就回到了自己的房間。艾葉從後面跟進來。艾葉第一次走進她的臥室，用掏菸掩飾了內心活動。綠背心拉了臉，艾葉說，是不是因為我？艾葉說要不我明天回去。艾葉說其實不這樣更好。艾葉說這些話時失去了瀟灑模樣，像小學生檢討自己打碎玻璃。綠背心說不關你的事，真的。我只是不習慣你，不過確實不關你的事。艾葉說，能夠告訴我嗎？綠背心說，不能。靜了好大一會兒綠背心突然說，你喜歡二胡嗎？艾葉說喜歡，我還會拉，只是拉不好。綠背心說，你怎麼會拉，一點也看不出來。艾葉看著手裡的菸，說，還是在鄉下，跟算命瞎子學的。我不識譜，也不知樂理，就只是會拉。這怎麼可能？這有什麼不可能？要我說二胡其實很簡單，心裡頭有東西，嘴裡說不出，二胡就替你說了。綠背心說，二胡其實還是很難。艾葉沒說話，過了很久才說，是啊，那個算命的瞎子說，拉二胡眼瞎了不要緊，但是指頭上的眼睛都要睜得大大的。

他們一起看指頭，想像著指頭上睜出眼睛來。艾葉說，我們去玩吧，好歹我也做了一回哥哥。綠背心說，逛街！艾葉說，就逛街。

整個逛街平淡無奇。熟悉的建築又熟悉一回罷了。但艾葉的一句話綠背心一直沒有弄通，艾葉說，總有一天，「我要把這些建築全炸了」。綠背心問他什麼意思，他不肯解釋，直到他那個早晨匆匆離去。

艾葉的離去極其尷尬。如綠背心的預感這一天不可抗拒。艾葉和綠背心開始了煩躁的迴避。迴避總是吸附著極強的暗示性，讓你無法正視與面對。罪惡感伴隨他們的內心萌動與日俱增。他們不再說話了，眼睛也不對視了。艾叔和母親認定他們又吵了，盡量在家裡不弄出聲響來。到暑假了他們會好的，他們私下說。

那個晚上艾葉終於推開了綠背心的房門。他們只對視了一秒鐘，就無聲地擁抱了。綠背心說，我怕，就吻上了。

他們忘記了時間。最終是時間找上了門來。母親說，你們在幹什麼？母親的一隻手抓著房門的把手，一隻手扶在門框上，你們幹了些什麼！

艾叔說，怎麼能這樣？你們是一個家的人。

黎明

天空依然漆黑。但這種黑色沒有了那種厚重，開始了些許鬆動。光頭和綠背心感到了眼裡的乾澀，上眼瞼彷彿增厚了。他們睜著眼睛做了很長的夢，眾多的夢如藤蔓攀緣在他們疲憊的知覺上。他們半睡半醒的狀態給予了對方以最大的寬容與信賴。黑色之中他們看見了心靈在靠近，相濡以沫，發出感激與歡愉的叫聲。他們對往事的追憶在自由地流淌，超越了形式與時空。他們知道自己很清醒，只是忘記了在哪兒，在什麼時候，生活在了宇宙之外。

他們站起來。夏夜的風很小心地從他們皮膚上走過。他們原地走了幾步，腳像坐了一夜的火車。他們趴在欄杆上，欄杆的沙礫很快在他們的掌心和肘部壓出了凸凹，摸上去手感粗糙。他們站得很近，知道彼此在打量。看不見模樣，只看見眼眶中大多的部分在閃光。他們認真卻又毫無結果地打量，聽見了呼吸越來越粗重。彼此在視覺和知覺上都變得抽象，只剩下原始意義。光頭擁過了綠背心的肩頭，綠背心便依在了光頭的前胸。他們抱在一起，聽得到對方的心跳。皮膚上有了兩種心跳旋律，有了點亂七八糟。

光頭說，到頂樓去，看看天。

綠背心沒有吱聲。綠背心握緊了光頭的手，血液勇敢非凡地向指尖上奔騰。綠背心能聽得出血液歡樂的聲音。他們往樓上爬，什麼都看不見，但綠背心從腳的蹬踏裡知道離頂樓只有一步之遙。綠背心聽見了光頭推動水泥板的聲音。聲音困難、吃力，但是卓有成效。綠背心看見了半米見方的黑色洞口，那種淡淡的黑色在不見五指的濃黑中閃閃發光。她聽見了光頭的聲音。光頭說，抓緊我的手。她抓住了他的手。他的手從上面伸下來彷彿具有創世的意味。她抓住了他的手，感覺到他的力量從五個指頭裡傳導進她的肌膚。她跨過了最後一道垂直台階，她的身體徐徐升向了頂巔的空間。滿天星斗在遙遠的黑色平面上注視著他們。她深深地吸了口氣，再呼出去。她感受到一種超然的自由，肉體變得輕揚，清涼的夏風抒情地來回晃動。城市的路燈像瞌睡的眼在遠處的地面為人類盡忠，而他們則超越了人類，以新的視角和審視心態看待腳下的牆、馬路。他們成了自己世界的夏娃和亞當。這個偉大瘋狂的念頭在黑色高空接受了星星和黎明的無聲祝福。他們環顧了四周，沒有牆與家，沒有海與海岸。他們又一次擁抱了。他們甚至不願再去細想對方是誰，他們的唇乾乾裂裂地交在了一起。他們的雙手在對方的身體上睜開了眼睛，四處尋覓。他們的身體出汗了，油油膩膩流出了青春旺盛痛楚的內分泌。他們往緊裡抱，往氣息最困難最窒息最壓迫的絕境裡吻。他們的嘴裡發出了短促絕望的聲音。光頭拿開了上衣，把她的臉摁在了兩塊胸大肌上。那裡曾貯滿海風，得到海洋高蛋白最精心的營養。他們安靜卻又堅決地剝去了所有紡織物。他們唯一的衣飾只剩下了自己的皮膚。四隻腳高傲光榮地把衣物踩在了腳下。他們再一次抱緊了，感謝上帝給予青春人體最合縫合榫的互補曲線。他們接成了一個整體，在七層高的物理樓上，犧牲一樣在天空的看顧之下坍倒了下去。

綠背心睜開眼，所有的星星子彈一樣向她掃射過來。在暈厥的瞬間她看見了艾葉，你拉，綠背心說，你拉……我就是你的二胡……我給你……你給……你拉……

光頭聽不清她在說什麼。她扭動她的腦袋含糊不清地自語，光頭依靠原始的直覺知道她給了他一次最輝煌的允諾。海洋在他的面前藍藍地打開了，海岸向四周優美仁慈地退卻。飛娥裸露的身體在碧藍乾淨的海水裡折射得變了樣。飛娥說，叫你下來——呆子。

光頭衝進了海水。光頭在沙灘上留下了一串醜陋的外八字。這是他的父親留給他的。光頭帶著飛娥向著深海藻類最密集的地方下沉。海底的透明世界才是真正的世界，海裡的生命才是真正自主的生命，魚類的眼睛才是生命冊裡最美麗的眼睛。海裡永遠沒有家。生命才是生命的家。魚類密密麻麻地聚集過來，光頭和飛娥游在最前頭，光怪陸離的雜色魚群跟在他們的身後，在湛藍的背景之上聚集成了巨大繽紛的生命群，浩浩蕩蕩，卻又無聲無息。

光頭感覺到那一口氣就快用完了。光頭知道自己不是魚，光頭的身體離開了魚群慢慢向海面升騰。光頭鬆開了四肢，海的浮力緩緩地把光頭推向了海面。光頭知道自己死了，順海浪的節奏一波一波地靠岸。光頭的屍體趴在了沙質海灘上。沙灘在身體下面細微地波動。

光頭睜開了眼，大片最優秀的藍色躍入了他的雙眼，不是大海，是天空，是夏天早晨最晴朗的天空。光頭轉過頭去，一個女孩坐在他的身邊，穿著綠背心，兩手抱著膝蓋，下巴擱在裸露的膝蓋上，頭髮散落成一片，剛好遮住了她的臉。光頭撐起了上身，他的衣服全堆在了襠部。嗨，他說。

你醒了？她說。

光頭背過身去，穿好衣裳，坐到綠背心的身邊。他擁過綠背心的肩頭，說，聽我說。綠背心挪出一隻手把他的手拿下來，綠背心說，別碰我。綠背心側過頭來和他對視了，她的眼裡貯滿清冷冷的淚，但沒有流下來。我沒怪你，她說，送我下樓去。

他們一同起立。太陽只升出了四分之一，鮮嫩清脆的陽光潑得一地。初升的陽光一條一條地從遠方送來，也送來了建築的體形與牆的陰影和輪廓。城市清晰地固定在眼前，光明來到了，一切又回復了。黑色是虛假的，黑色安慰了你，但無奈物質的存在。黑色是一種最深刻、最無奈、最投入、最虛偽的誤會。太陽一拳頭就把黑色撂倒了，被建築踩在了腳下。

光頭先下了樓去，用肩膀把綠背心一級一級接到七樓。綠背心站穩後光頭重新爬上去，拉好那塊水泥板。水泥板蓋嚴時整個七層樓都發出了驚天動地的一聲悶響。他們向三樓走去。綠背心走在前頭，光頭跟在後面。二胡和樂譜擱在那裡，沒動。只是樂譜被風翻了兩頁。綠背心提了二胡，捲起樂譜，轉過身就走了。光頭說，你叫什麼？綠背心搖搖頭說，你不認識我，我也不認識你。

一九九四年第四期《小說家》

敘事

我用漢語思維、體悟，卻企圖涉及全人類。我懷疑漢語可能是離世界本體最遠的一種族語言。它充滿了大蒜氣味與恍惚氣息。這種高度文學化、藝術化的語種使漢語子民陷入了自戀，幾乎不能自已。

那場雪從午後開始。四點鐘天色就黃昏了。積雪封死了村莊。村裡的草垛、茅棚和井架都一溜兒渾圓。父親進了家門一邊撣雪一邊抱怨說，怎麼又下了？父親一直盼望一個晴和的太陽，把草墊、棉花出一回潮，爾後做好窩等我娘分娩。那時候父親還不明瞭未來城市裡雪花的意義，不知道雪花和搖滾、足球一起支撐了世紀末的都市激情。我注意過都市少女看雪的瞳孔，憧憬裡閃耀著六角花瓣，剔透而又多芒。她們的羽絨衣在雪花紛飛中翩翩起舞。她們對雪花的禮讚感染了我。我弄不懂父親那時為什麼有福不會享。

父親進屋後反身掩門。我的母親坐在小油燈下面。母親在那個雪季裡一直呆在屋裡，認真地做針線，認真地懷孕。我母親在燈下拿針懷孕的靜態有一種古典美，鼻梁和唇溝呈現一道分界，半面橘黃，半面昏暗。父親關門後看見小油燈的燈芯晃了一下，母親這才抬起頭，與父親對視。父親看完我母親便從懷裡掏出紙包，紮著「十」字形紅線，是半斤紅糖。父親一勺一勺把紅糖裝入瘦頸玻璃瓶。父親一早就到鎮上去了，先找過組織，這是他成為右派後第一次彙報「思想」。他告訴組織汗水使他的思想與感情產生了「巨大變化」。這時候已是午後。天壓得只有樹那麼高。父親蹲在巷口的「T」形拐角，從懷裡掏出兩個燒餅，吃到一半父親記起該到商店去買紅糖了，這是麻大媽關照的。麻大媽關照買紅糖時臉上的麻子無比嚴厲。麻大媽說，砸鍋賣鐵你也要買，不吃紅糖女人就打不淨血，淤在肚裡頭要落下病根的。父親聽任何人的話，父親當然聽麻大媽的指教。父親買回了半斤紅糖。他的貯藏過程充盈了要當父親的複雜心態。後來父親聽到一聲呻吟，回頭看見母親僵在了那兒。母親的眼神和手上的女紅朝兩個方向延伸。父親說，怎麼了？母親說，疼。父親慌亂地舔過手指上的糖屑，跨上去擁住母親。母親用一種絕望的眼神盯著父親，不行，母親說，肚子，不行了。父親把母親抱上床，轉臉衝到接生婆麻大媽的門口。父親用力拍打木板門，高聲呼叫麻大媽。父親的呼叫語無倫次。麻大媽拉開門，一手抓著棉花一手捏著紡線砣。麻大媽耷拉著厚大下唇，問，覺了？父親說覺了。麻大媽撚過線砣慢悠悠地回了一句話，回去燒水，燒兩大鍋水。父親說，她在叫，她疼得直叫。麻臉婆走回堂屋自言自語說，隨她叫，女人就這樣，配種時快活得叫，下崽時疼得叫，女人哪有不叫的。

嚴格地說到此為止故事的主人公不是我母親，是我。我正在娘胎裡，也就是幕後，精心對生活垂簾聽政。我對身邊的事一無所知，但這不要緊，我的地位決定了我可以這樣。至於母親，她必須挨痛受苦。上帝安排好了的。

風停了，雪住了。雪霽後的子夜月明如鏡。地是白的地，天是藍的天。半個月亮，萬籟俱靜。碧藍的臘月與雪白的臘月在子夜交相輝映。世界乾乾淨淨。宇宙一塵不染。

我的落草是在凌晨。在純粹的雪白和純粹的碧藍之間，初升的太陽鮮嫩柔媚。我這樣敘述是自私的，把自己的降生弄得這樣詩情畫意，實在不厚道。但詩情畫意不是一個好兆頭。在這裡我要交代一個細節，接生婆麻大媽最初見到的不是我的腦袋，而是腳尖。我弄不清為什麼我要選擇這樣一種方式。我的樣子糟糕透頂。麻大媽一見到我的腳趾臉上的神情說變就變，所有的麻子全陷進去，那張厚重的下唇拉得也更厚更長。我的腳趾冒著熱氣，粉紅色，沾滿白色胎脂。麻大媽回頭對父親說：「是寤生。」父親的臉上頓時失去了顏色。父親的大驚失色一半緣於我們母子的安危，另一半則是讓麻大媽的話給震的。目不識丁的麻大媽竟然把「難產」說成了「寤生」，那兩個字在父親的耳朵裡無比振聾發聵。這和麻大媽的名字叫「雅芝」一樣匪夷所思。我是在大學一年級讀《左傳．隱公元年》知道「寤生」一說的。史書上說：「……莊公寤生，驚姜氏，故名曰寤生，遂惡之。」莊公因難產而遭到生母的厭惡，可見「寤生」不是什麼好兆頭。但我的降生姿勢並沒有給我的母親造成致命的麻煩。麻大媽用她的手掌握住了我的小腿，爾後托住我的腰。我猜想這時候麻大媽已經看到了我腿根的小玩意兒了。她的接生陡增激情。我的身體熱氣騰騰，像剛剝了皮的兔子，在麻大媽的掌心漸次呈現出生命意義。她哆嗦著下唇不停地重複、使勁，就好了，麻大媽說，使勁，用力屙，就好了。她的這些話起初是說給母親聽的，後來竟成了習慣，她甚至用手背壓鼻壁擤鼻涕時也這樣嘟嚕、使勁，就好，就好了。母親張大了嘴巴，只是「使勁」。這個過程困厄而又漫長。母親不行了。母親生我最後半個腦袋時幾乎耗盡了全力。是麻大媽把我拽出來的。我今天的腦袋又尖又長與這個細節關係甚巨。我的「寤生」終於完成了。身體只剩下一根臍帶連繫住母體。麻大媽彎下腰，伸長了頸項，用嘴銜住了臍帶的根部。麻大媽不是用剪刀，而是用牙齒完成了我的人之初。剛來到這個世界我沒有動，我的臉呈青紫色，鼻孔和口腔裡貯滿羊水。麻大媽用力摁住我的鼻頭，我大哭一聲，羊水噴湧出來。我今天的鼻頭又寬又扁也是麻大媽的傑作。麻大媽大功告成，站在房門口。她老人家疲憊至極，倚著門框。麻大媽喘著氣對父親報功：「好了。」父親的雙手和下巴掛在那兒，聽麻大媽說完這兩個字，父親嚇壞了。麻大媽的雙手與口腔沾滿產紅，籠罩了一圈鮮豔血光。她的笑容使她咧開了真正的血盆大口。麻大媽的每一顆牙齒都布滿血跡。她就那樣血淋淋地笑，對父親說，好了，屙下來了，是帶把兒的。

父親進門時我沒有理他。我被撂在鋪了一層花布的泥地上。和別的孩子一樣，蹺起兩條腿，緊握兩隻拳頭，閉著眼睛號哭。

大學三年級的那個冬天我專程拜謁過劉雅芝，也就是七十八歲的麻大媽。那一天下了冬雨。村裡的草屋與巷弄都顯得齷齪無序。我在泥濘的巷底找到了業已孀居的痲臉老人。她蹲在豬圈內側，四周圍了一群人。一個男孩蜜蜂一樣為我引路，他從大人的褲襠下面鑽進豬圈，大聲說，痲老太，城裡有人找你。人們讓開了一道縫隙，痲大媽正在為一頭碩大的母豬接生。母豬是黑色的，八隻小黑豬正臥在金黃色稻草上拱母豬的紅腫奶頭。痲大媽綰了頭髮，袖口捲得很高，臉上的痲子鬆成橢圓狀。因為瞇眼她老人家張開了嘴巴。她的牙只剩了兩顆，對稱地立在暗紫色上牙床上，像一隻蛐蛐。痲大媽望著我。她的紫色牙床使我想起了我的肚臍。這次聯想使我的記憶出現了歷史空罅，吹動起冬雨裡的風。痲大媽吃力地站起來，盯著我的頭顱頂部，正確地指出：「你是倒著出世的。」我驚喜地說，您老記得我？痲大媽的臉上沒有表情。記不得了，痲大媽說，我接過的娃比接過的豬還多。我很突然地激動起來，說，我是您接的生！痲大媽的雙手痲木地垂掛在那兒，半透明的血色水珠在指尖上往下滴漏。這時候有人喊，第九個！第九個！痲大媽坐下去，用她的血手撫弄黑色母豬的紅腫產門。是一個小白豬，這個色差給了我極其深刻的印象。大家靜下來，痲大媽極耐心地用手托住小豬。小豬的生產過程寓動於靜，如日出那樣，你不見它動，它就一點一點變大起來。麻大媽變戲法那樣接出了豬崽，用乾稻草擦了又擦。麻大媽說，你回去吧娃，我不接你你也要來到這個塵世上，這是注定的，你逃不出這個命。大家一齊回過頭來，看著我。我把禮物放在地上，麻大媽就那樣嘮叨著。我疑心麻大媽是在和豬說話，心中無可挽回地悵然起來。我用研究《左傳》、《聖經》和《判斷力批判》的眼睛盯住那雙手，找不出這雙手與我的生命曾有過的歷史淵源。作為一種歷史結果，麻大媽手裡現在捧著的僅僅是豬。我在幸福之中黯然神傷。我的身體開始顫慄，無助卻又情不自禁。麻大媽說，一物一命，可誰也逃不脫一雙手。

麻大媽早就死了。她老人家的手在我的想像裡散了架，所有的骨頭都像竹節，一塊一塊排列在黑土之中。我現在在海上。我的懷裡揣了那張地圖。我常幹的事就是看地圖。沒事我就把地圖攤開來，這是我親近世界的一種努力。我在這張地圖裡走過很多地方。也可以說，我帶著這張地圖走過了很多地方。在兩種迥然不同的遊歷方式裡，我盡量仔細體驗微觀與宏觀。它們是一回事。是世界的正面與背面。是感知的這頭與那頭。這張地圖已經很髒了，摺頭都生了毛邊。但這張地圖的本質依然如故。一比六百萬這個比例說明了它與世界的關係。這個不同等、不平均的關係裡有絕對的對等與精確。世界在人類的智慧面前已經很滑稽了。我就那樣一手岔腰，一手夾菸，在千年古柏或萬年青石之旁精騖八極，神遊四海崑崙。我知道我的樣子很像戰爭年代的毛澤東。但他是他，我是我。我看地圖完全是審美的，看久了就會有幻覺，認定自己已在九萬里高空，如鯤鵬背負青天。在青天之上我時常產生宇宙式幸福感。我在地圖面前甚至產生過恐高症，擔心一不小心掉到地圖裡去。世界真的已經像古書裡說的那樣了，藏昆山於一芥。世界有時其實是經不住推敲的。

地圖的另一迷人處是它的色彩。它的色彩相互區分又相互補充。區分與補充使地形與地貌產生了人文意義。但我眼裡的色彩區分恰恰不是行政的，而是語言的。地圖色彩的繽紛骨子裡隱藏了語言的無限多樣。上帝不會讓人類操同一語言的，這不符合創世紀的初衷。我們沒有必要統一什麼，統一是一件不好的事，大統之後會有大難的，弄不好就要犯天條。

離家時我只帶了這張地圖。我決定兩手空空離開這個家。我夠了。我受夠了。林康終於去睡了。她和我吵了又吵，相持了兩個星期。她一吵架便熱情澎湃，目光裡透視出世俗衝動與毀壞激情。她一吵架身體四周便散發出金屬光芒和生命氣息。林康在婚前曾是我的一隻小鳥，只會歌唱春天、夏夜、植物與愛情。她的身高一米五八，她嬌小的身軀在結婚之後裂變成原子彈，能量無比，威力無窮，籠罩了一層刺眼炫目的蘑菇雲。她鐵青了臉瞪著驚恐的眼睛對我一次又一次大聲呼叫：去掙錢，去掙錢，快點去掙錢！這年頭不是男人瘋了，而是女人瘋了。她們在夢中被錢驚醒，醒來之後就發現貨幣長了四條腿，在她們的身邊瘋狂無序地飛竄。她們高叫錢。這年頭女人成為妻子後就再也不用地圖比例尺去衡量世界了，而只用紙幣。

我已經放棄我的博士與命題了。我再也沒有什麼可以失去的了。哲學家說得真好，我們不能放棄我們根本沒有的東西。我決定走。離開原子彈，離開充滿美麗與充滿性高潮的一米五八。凌晨四點我悄悄取了背囊，裡面只裝了地圖。我站在大街上，路燈一拳頭把我的影子摁倒在水泥路面。我打了一個寒噤。凌晨四點寧靜而又淫蕩，對日出充滿引誘與挑逗。

鐵軌伸向遠方，發出鋥亮的光，烏黑而沉重地閃爍。蒸汽機頭在濃烈的白色氣團中夜遊，黑地喘粗氣。鐵軌與機頭使世界貯滿迷亂。凌晨四點的鐵軌具有強烈的啟發性，它們縱橫交錯，使「夜」與「終點」一同變得不可企及。我睏得厲害。我把衣領豎直，把自己想像成站在鐵軌上的狗。遠方有許多骨頭，它們對我發出青白色的光芒。

我是在嗅覺的引導下來到海邊的。火車的長途旅行使我們的聽覺變得遲鈍，嗅覺卻異樣活躍。我在昏睡中沒有聽見海浪的聲音，——那種綿軟的撲擊體貼而又依戀，如做愛的尾聲，輕輕悄悄地瀰漫開來，再疲憊下去。但我聞見了海腥。我堅信大海就在前方，在地圖的右側一片淡藍。初戀歲月林康的指尖曾指著藍色海岸線對我說，這兒，這兒，你帶我到這兒。那一年林康十九歲，在西語系讀英語二年級。林康十九歲那年通體有一股極好的彈性，如一只乒乓球，在校園道路上跳來蹦去。她的馬尾松紛亂如麻，成為紅蜻蜓與彩蝴蝶的純情偶像。我和林康的相識完全是偶然的，而戀愛卻是必然的，因為「愛情只是偶然的擦肩而過」。

我一直弄不清林康這句話的出處，可能是她的脫口而出。被愛情鬧的。戀愛能使十九歲的女子一不小心就說出許多真理。我和林康相識在下雨的路上。她頭上舉著一本書，張大了嘴巴直衝而來，濺了我一身泥。我說你站住，她就站住。我說我送你。她的眼睛與我的眼睛有了幸福的三十一釐米落差。那時林康的皮膚像瓷器。十九歲，還沒有退釉。我相信喜歡新奇的人都這樣，他們的戀愛十有八九都始於雨傘下面，而雨傘下建立起來的婚姻十有八九都是災難，又將終結於某個凌晨四點。後來我們就有了接吻，她說，接吻真好。接下來當然就有了做愛，她又說，做愛真好。後來她嫁給了我。新婚之夜林康告訴我，做新娘真好。在第一個「真好」與第三個「真好」之間，林康從我這裡染上了愛看地圖的毛病。我們做了許多計畫，所有杳無人跡的地方都有我們想像的雙飛翼，開滿溫馨的並蒂蓮。林康的尖細指頭摁在地圖上，一遍又一遍呢喃，這兒，這兒，還有這兒。我一一答應。世界是所有新郎的後花園。

在海上我打開地圖。船沿著海平面的弧線向深海航行。地圖的四只角在海風中劈啪作響。海碧藍，望不盡的全是水。世界不複雜，就是水的這邊與那邊。在海上我馬上發現地圖失去了意義。海的巨大流動使人類的概括力變得無足輕重。我在甲板上遺忘了平衡，開始暈船，吐了很多腐爛物質與瑣碎顏色。吐完了我蒙頭大睡。我做了很多夢。它最初涉及老子和愛因斯坦完全是意外。我夢見他們倆是上帝給我的禮物。老子身穿灰色中山裝，對愛因斯坦說，歡迎你來，愛因斯坦先生。愛因斯坦說，很高興見到你，老子先生。老子坐下去，點上菸，認真地品完第一口，說，我們可以談談哲學問題，別的事讓他們談去。——你應當讀過我的書，我寫過一本《道德經》。愛因斯坦的十隻指頭岔在一起，說，我知道有人用漢語寫過這本書，我至今沒有讀到好的德文譯本和英文譯本，好在我大體知道您想說什麼。愛因斯坦頭髮花白，大鼻頭，滿臉皺紋。老子笑起來，反問說，譯本？永遠也不會有。愛因斯坦直了直上身，說好書都這樣。老子點頭微笑，先生在研究什麼？老子問。愛因斯坦看了老子身後的書架，答道，我研究物理，也就是格物致知。俗，老子說，俗了，——你說，宇宙究竟有多大？是這樣，愛因斯坦打起了手勢，宇宙是一個廣闊無邊的呈正曲度拋物線狀的絕對無限量，又是一個不可逃逸而自我封閉於有窮廣袤中的、呈角曲度的四維有限體。你說些什麼？

老子皺了眉頭，滅掉香菸說，醫生總是不讓我抽菸。請您把自己想像為附著在按差數不到一微米度的三維空間表面上的一個二維幾何體，愛因斯坦這樣說。老子擺擺手，大聲說，這些沒用，我們只關注人，活的死的不要緊。別的都可以放一放。我們應當關注宇宙，愛因斯坦辯解說。我們有時間，老子站起身說，我們先吃飯，我們有菠菜豆腐湯，我看這就是宇宙。愛因斯坦望著老子，大而疲憊的眼睛憂鬱起來。愛因斯坦說，物理學比政治更能體現一個民族的本質，雖然物理學是全人類的。老子走出山洞，面有慍色，自語說，愛因斯坦是個右派。

我躺在大副的床上，做夢和嘔吐。在做夢和嘔吐之餘追憶似水年華。大海對大陸的敵視太固執了，我不徹底吐乾淨大陸，大海似乎執意不肯收我。我覺得我已經沒有什麼可吐了，除非把胃也吐出去。但我不太願意把我自己吐掉。我知道我的心智已經迷亂了。這全是暈船鬧的。為了走向大海我只能接受這樣的儀式。嚮往大海最熱烈的當然還是林康。即使在懷孕的日子林康也沒有停止對大海的憧憬與展望。她憧憬大海時的靜態十分動人，眼睛閃爍乾淨的光，鼻頭亮晶晶的。我曾問過林康，你到底喜歡大海什麼？林康回答我說，她就是喜歡在海邊花錢。

林康說這話時腆著大肚子，一遍又一遍設想我成為億萬富翁，我們的別墅從大連一直排到三亞，從這個房間到那個房間都要在地圖面前比畫半天。

林康懷孕的日子我正潛心於一樣重要事件，我開始研究我的家族史。在一個不期而然的宴會上，我意外得到了奶奶的消息。這是一個晴天霹靂。對我個人，對我的家族，這都是一個晴天霹靂。奶奶的消息為我研究家族史提供了可能和良好的契機。就我的家族而言，即使在父系社會，奶奶永遠是最重要最基礎的一環。但父親從沒有對我提起過奶奶。由於奶奶這一祖系形象的空缺，父親顯然經不起推敲。用我們家鄉的一句格言來概括，好像是「石頭縫裡蹦出來的」。

是一位年邁的遠房親戚向我提起了我的奶奶。他喝了四兩洋河大麴。這種烈性汁液使他變得心直口快。他把我拉到一邊，神秘地說，你有個奶奶，是你的真奶奶，她還活著，在上海。遠房親戚用六十度的眼睛盯住我，壓低了聲音說，你不是我們陸家的人，你是個東洋鬼子。他喝多了，我不會太拿他當回事。第二天中午，年邁的遠房親戚帶了一家老小到我家裡來謝罪。他用巴掌摑自己的面頰，大罵自己老糊塗，大罵自己滿嘴胡話。而父親在整個過程中一言不發。父親坐在椅子裡，神色相當古怪。父親最後說，三叔，我也沒有怪你。一屋子的人在這個節骨眼上靜了下來，都望著我。就是在這個時候我發現酒話恰恰是歷史的真面目。歷史在酒瓶裡，和酒一樣寂寞。歷史無限殘酷地從酒瓶裡跳出來，帶著泡沫與芬芳，令我猝不及防。一部真實史書的誕生過程往往又是一部史書。這成了我們歷史的特色。我們在接受每一部歷史之前都要做好心理準備，會有下一個面目全非讓我們去面對。「三叔」聽了父親的話便安靜下來。兩只肩頭垂下去，一臉沮喪，如一隻落水狗。這往往也是道出歷史真相的人最常見的格局。「三叔」緩緩退出我家門檻，自語說，我老糊塗了，我老糊塗了。

空曠的堂屋只剩下我與我的父親。我們對視了。這種對視有一種災難性質。父親與我的目光一下子超出了生命範疇，發出羊皮與宣紙的撕裂聲。巨大的孤寂在我們的對視中翻湧，拉開廣袤平川，裂開了參差無垠的罅隙。剎那間我就想到了死亡。一種生命種姓被另一種文化所宣判的死亡。這樣的發現是致命的，迅雷不及掩耳。父親故作的鎮靜出現了顫抖。他的整個身軀在那裡無助地搖晃。後來他走到房間裡去，在沒有光的角落打開許多鎖。他用多種秘密的鑰匙把我引向歷史深處。父親最終拿出一個紅綢包。紅綢包退了色，如被陽光烤乾的血污，發出不勻的血光。父親解開紅綢，露出一張相片，是發黃的黑白相片。一個新文化舊式少女，齊耳短髮，對襟白色短襦。完全是想像裡五四女青年的標準形象。

是奶奶？我說。

是奶奶。父親說。

在哪兒？

她死了。

她活著，在上海。

她死了，父親大聲吼叫，這個世界上沒有上海！你奶奶死了！

我和父親再一次對視。父親的眼睛頃刻間貯滿淚水。父親的淚光裡有一種肅殺的警告與柔弱的祈求。我緘口了，如父親所祈盼的那樣。在這個漫長的沉默過程裡，我的心裂開了一條縫隙，裡面憑空橫上了一道冰河。我甚至能看見冰面上的反光和冰塊與冰塊的撞擊聲。我聽見父親說，不要再提這件事。父親說完這句話似乎平靜了許多，偉大領袖那樣向我指出：只有兩種人熱中於回顧歷史，要麼是傻子，要麼別有用心。

林康在這樣的背景下懷孕讓我無法承受。在她的面前我盡量不露痕跡，卻越發心事沉重。對著林康的身子發楞成了我的傷心時分。她的腰腹而今成了我的枷鎖。生命沒有那麼大度，它絕對不是一個世界性、全球性的話題。種族是生命的本質屬性，正如文化是生命力的本質屬性。種族與文化的錯位是我們承受不起的災難。

林康懷孕之前正和她的老闆打得火熱。她到底辭去了出版社的公職，到亞太期貨公司參與世界貿易去了。她守著一部粉色電話，坐在電子終端面前，對抽象的蠶絲、紅豆、小麥、石油實施買空賣空。她先做日盤，在老闆的建議下她改做了美盤。也就是說，為了適應中美兩國十三個小時的時差，她不得不在每晚八點三十趕到她的交易大廳。這對已婚女人來說無論如何是不同尋常的。她和我說起過她的香港老闆。她的老闆是個混血兒，支那血統與威爾士血統各占二分之一，能說一口流利的英語和普通話。這一點和林康極為相似，她能說一口好聽的普通話和英語。林康說起她的老闆嗓音都變了，像她十九歲那年。事情到這裡當然很不妙。後來她突然再也不提她的老闆了。身上的香水氣味卻日益複雜。她什麼都不說，我什麼都不知道。她也認定我什麼都不知道，但是我什麼都明白。

在這樣的時代背景下林康的身孕有極大的可疑性質。不過我很快沉住氣了。等孩子生下來再說。如果和我一個熊樣，一切平安無事；如果是四分之一威爾士加四分之三支那血統的小雜種，林康自己會料理自己。她受過高等教育，這種自尊和良知她應當有。我只能生一個孩子，這可不是鬧著玩的。不幸的事立即發生了。林康的肚子一天天大起來，我卻開始了家族血源的艱苦尋根。我的內心進行了一次極大逆轉，我甚至巴不得林康懷上一位英國小紳士。我會愛他。他的生命之源畢竟沒有屈辱。

康，你懷的孩子是我的吧？有一天我終於問道。

呆樣子。

你回答我，是我的吧？

不是你的是誰的？呆樣子。

你他媽別以為我什麼都不知道。我拍案而起，破口大罵。

你知道什麼了？

你說，孩子是誰的？

是你的。

是我的？我他媽才操了你幾次？

林康不吱聲了。她陌生地望著我，臉上紅得厲害。她終於掉過臉去，我知道她不習慣我這樣說話。下作，林康輕聲說。我走上去岔住她的頭髮，我想我的內心徹底亂套了。你說，是誰的？

你的。

你和他睡過，我他媽什麼都知道！

我和他睡過，但孩子是你的。

孩子是那個狗雜種的！

是你的。他答應我用康樂套的。

我給了她一個嘴巴。

我知道對不起你。

你給我做掉。

孩子絕對是你的，我向你發誓，康樂套是我親手買的，日本貨，絕對可靠。

我又給了她一個嘴巴。——你給我做掉。

我不做，林康捂著臉突然加大了嗓門，要離要散隨你的便，我不做，你這狗雜種，你休想！我就要生，讓你看看是什麼狗日的種！那段騷亂的日子我專程趕到上海。我的掌心握著那張世界著名的上海市交通圖。我在吳儂軟語裡走過無數街巷里弄。我一次又一次攤開地圖。我知道我的奶奶就生活在這張地圖裡面。打開地圖我就熱淚盈眶，憋不住。我行走在上海大街，我的心思空無一物地浩瀚，沒有物質地紛亂如麻。數不清的悲傷在繁雜的輪子之間四處飛動。我奶奶的頭髮被我的想像弄得一片花白，她老人家的三寸金蓮日復一日丈量著這個東方都市。我設想我的奶奶這刻正說著上海話，我傾聽上海人好聽的聲調，感動得要哭。可我聽不懂上海話，正如我沒法聽懂日語。我在夜上海的南京路上通宵達旦地遊蕩。我盡量多地呼吸我奶奶慣用的空氣。我一次又一次體驗上海自來水裡過濃的漂白粉氣味。因為尋找，我學會了對自己的感受無微不至。每一次感受奶奶就靠近一次，我的胸中就痛楚一次絕望一次。十一天的遊蕩我的體重下降了四公斤。感覺也死了。我拖著皮鞋，上海在我的腳下最終只成了一張地圖，除了抽象的色彩，它一無所有。我相信了父親的話，這個世界上沒有上海。上海只是一張地圖。它是真正意義上的地圖，比例1：1，只有矢量與標量，永遠失去了地貌意義。但上海是我奶奶巨大而遙遠的孤島世界。她老人家的白髮在海風中紛亂如麻，她老人家站在岸邊思鄉。夕陽西下，斷腸人在天涯。上海就是我奶奶的天涯。人類的宇宙只有一個中心，那就是家園方言，也就是地圖上那一塊固定色彩。世界就是沿著家鄉方言向四周輻射的語言變異。

那個下雨的午後我獨自一人向上海火車站步行。上海的雨如上海人一樣呈現出矛盾格局。我的頭疼得厲害。巨大的廣告牌不停地提醒我上海的國際性質。我一步一回頭。在雨中我一步一回頭。我一次又一次回頭。我對所有老年女性呈獻上我的關心與幫助。她們用警惕的目光注視我，捂著包離我而去。大上海像水中的積木。空間把我們這個世界弄壞了。空間的所有維度都體現出上帝的冷漠無情。我坐在火車站二樓茶座裡，透過玻璃再一次注視這個茶色城市。上海在玻璃的那邊無限安寧。我的心胸空洞了。悲憫洶湧上來。這股浩渺的悲憫成了我上海之行的精神總結。我捂住臉，失聲痛哭。我在巴掌後面張大了嘴巴不能自已。我的四公斤在上海消失得無聲無息，只在我臉上留下多餘的黃色皮膚。歷史在這裡出現了裂口，被斬斷的疼痛鮮活熱烈地對我咧開牙齒。火車帶我去了北方，那裡有我的故鄉。火車在拐角處傷心地扭動，上海向南方遙遙隱去。我坐在車窗下記起了父親的話，這個世界上沒有上海。我記住這句話。多年之後我將把它告訴我的子輩。

奶奶那一年十七歲。這個年齡是我假定的。我堅信十七歲是女性一生走向悲劇的可能年齡。十七歲也是女性一生中最薄弱的生命部分。我奶奶十七歲的夏季酷熱無比，這個季節不是虛擬的。如果一定要發生不幸，夏季一定會安靜地等在那兒，不聲不響做悲劇的背景。奶奶剛放了暑假，在家裡歇夏。奶奶的父親是一位極有名氣的鄉紳，他從鎮江帶回了那台留聲機。那台手搖式留聲機整日哼一些電影插曲。奶奶的夏天就是伴隨那台留聲機和西瓜度過的。奶奶大部分時光坐在屋裡，無聊地望著頭頂上的燕窩。奶奶的雪白手臂時常體會到紅木桌面的冰涼。那種冰涼極容易勾起少女的傷春情懷。按照常識，這時候她心中無疑出現了一位男人，某個電影男演員或她的英文教師。她老人家那年的上衣應當是白色的，喇叭裙當然選擇了天藍。齊耳短髮，整天無精打采。有一幅憂鬱動人的面側。這種設想是那張唯一相片的精神派生，沒有史料意義。

奶奶的憂鬱在秋季即將來臨時結束了。夏季的末尾我奶奶再也沒有心思憂心忡忡。原因不複雜，掐一掐指頭也能算出來，日本人來了。日本人到我們故鄉的有關細節，我在另一部作品裡作過描繪，大致情形就是這樣：日本人的汽艇緩緩靠岸。表情凝重的日本人在石碼頭一排排站好，不久圍過來好多閒人。他們興奮好奇地看著一群人咿里哇啦地挺胸、立正、稍息、歸隊。這時候不遠處的小閣樓上突然有人喊，日本人，是日本人！人們相互打量一回，轟地一下撒腿狂奔。大街上彼此的推拉與踐踏伴隨尖叫聲使胳膊與腿亂作一團。小商販們的瓜果四處流動，茶碗與成摞的瓷器驚恐地粉碎，發出失措無助的聲音。日本人沒有看中國人的狼狽相。他們沒興趣。他們目不斜視，表情嚴肅。他們排成兩路縱隊，左手扶槍右臂筆直地甩動，在楚水城青石板馬路上踏出紀律嚴明的正步聲：噠。噠。噠。噠。

悲劇（似乎）總是發生在偶然之間。所謂偶然就是幾個不可迴避碰到了一起。這才有了命，才有了命中注定。作為史學碩士，我不習慣依照「規律」研究歷史。歷史其實是一個浪漫主義詩人，他興之所至，無所不能。歷史是即興的，不是計畫的。「歷史的規律」是人們在歷史面前想像力平庸的藉口。歷史當然有它的邏輯，但邏輯學只是次序，卻不是規律。

對於中國現代史而言，日本是一個結。而對於我們陸家家族而言，日本人板本六郎是另一個結。

板本六郎在夏日黃昏隨小汽艇來到了楚水。一路上沒有戰事。作為這支小部隊的最高指揮官，板本六郎的注意力不在岸上，而在水上。中國河水有一種憂鬱氣質，習慣在安分中逆來順受。日本汽艇駛過的水面留下一道長長的水疤，使清涼變成一種視覺上的灼痛。板本六郎坐在汽艇的頂部，身邊是機槍手大谷松一。板本六郎軍帽後的擋陽布在夏風中躍動，不時拂動後腦的中國風，給他一種柔和動感的涼爽。

縣府的投降使占領形如兒戲。戰爭就這樣，一寸土地有可能導致大片死傷，而大片疆域也可以拱手相讓。日本人進入楚水城首先做了兩件事：一，受降；二，到大雄寶殿拜見菩薩。日本人的這兩件事完成得極為肅穆，這兩件事本身卻互相矛盾。是一種大反諷。真是放下屠刀，立地成佛。

板本六郎的這次宗教活動是麻木的。他不相信中國菩薩能聽得懂日語禱告。他的祈禱總體上心不在焉。他無限意外地，也可以說無限驚喜地看見了這樣一副對聯：

楊柳枝頭淨瓶水
苦海永作渡人舟

板本看見了兩行好書法。板本走過去，他投入了另一種宗教。板本的心智在皈依，是一種幸福細軟的文化靠泊。

書者用的是趙孟頫筆意。撇捺之間有一種愉快飛動。盼顧流丸，杳然無聲，風情萬種，得盡風流。書者對漢字的分布與解意釋放出曉通人間煙火的真佛靈光，苦行之中隱逸著一種大幸福與大快樂；操守與自律裡頭又有一種大自在與大瀟灑。每一個字都是佛。在這樣的小地方隱藏著這樣的大書家，完全符合中國精神。懷瑾握瑜歷來是中國人的勝境。板本六郎找到住持，行過禮，在紙上寫道：對聯寫誰？住持看了半天，明白了他的意思，接過筆，寫下三個字：陸秋野。

尋找陸秋野沒有費板本六郎的工夫。板本六郎隻身一人於次日下午登門拜訪。陸秋野不在家。他的女兒婉怡孤身一人坐在紅木桌旁讀書。陸秋野的女兒抬起頭，看見過廊裡一位戎裝日本人從天而降，她的眼睛頓然間交織著無限驚恐。下人張媽手執抹布，僵硬地注視了這次歷史性對視。張媽後來成了我們家族史裡的關鍵人物。歷史就這樣，每過一段時間就把一個奴才推到無比重要的位置上去。歷史被下等人的觀察與敘述弄得光彩奪目，而歷史本身則異樣尋常。

陸秋野的女兒婉怡是在日本人立正、向後轉走後坐下去的。她自己一點也不記得什麼時候站起身子的。婉怡坐下後大口喘氣。張媽丟下抹布不停地揉小姐的胸脯。小姐說，張媽，張媽，張媽。太太從後院進來時小姐已經安頓好了。太太吩咐下人用桑木門閂閂死大門，腦子裡不停地問，出什麼事了，到底出什麼事了？

婉怡就是我奶奶。這個父親當然知道。但了解歷史的人易於規避歷史。人類完全把自己弄壞了。我想父親對這一細節比我更為了解。那一年冬天母親向我敘述一九五八年，那是母親懷我的日子。她剛懷上我，父親就逼她去醫院做人流。這一細節不同尋常，它至少表明了父親對家族史的了解程度。對歷史的洞察引起了父親內心的種姓慌亂。知父莫如子。林康懷孕後我堅信我了解了父親。我再說一遍，這已經完全超越了生命範疇。種姓文化在這裡無限殘酷地折磨父親的過去完成與我的現在進行。

一九五八年的冬季是一個冰天雪地的冬季。這時的父親早已不在楚水縣城，而在鄉下。他和愛因斯坦一樣做了右派。母親正是在這一年懷上了我。母親無限驚喜地告訴父親這個秘密。這是初次懷孕的女人常規性做法。母親把父親拽到土灶後頭，壓低了聲音說，她可能「有了」。父親望著母親，父親的臉上頓時刮起了東北風，殘荷敗柳東倒西歪，呈現一片冬景。父親沉默了好大一會兒，陰著臉說，知道了。隨後開始了漫長沉默。父親的沉默像刀片，能把你的肉一點一點割下來。父親在幾天後對母親說，你最好回城裡「做掉」。母親說不。母親接下來問幹嘛要「那樣」？父親便不開口。母親這時隨父親來到鄉下，在破廟裡教孩子們四則混合運算以及《收租院的故事》。母親沉默了一會兒說不。面對母親的固執，父親的固執表現得更為內在和有力。他拉下一張瘦臉，皺紋都繃直了，終日不說一句話。父親不肯和母親對視，甚至不碰母親端上來的飯碗。父親的沉默帶有巨大的侵略性，可以壓斷他人的神經（所謂他人其實只有母親）。父親的沉默在其他方面用得卻極其拙劣，他用沉默進行政治鬥爭，結果輸得一塌糊塗。他們把父親趕到了鄉下，讓他面對泥土和牲口，他們讓父親和泥土與牲口比試，看看泥土、牲口和父親誰先開口講話。但母親終於讓步了。母親端上碗對父親說：「我回城去。」父親聽了母親的話也做了讓步，他接過母親送來的麥粉粥，沿著瓷碗喝了一轉。他們相互看了一眼，幸福得傷心死了。生兒育女是父親絕對不敢正視的東西。我覺得父親的蒼涼心態已經體悟到了生存極限。大悲憫與大不幸使他學會了正視家族生態。他把自己當成了我們家族史上的一塊石碑，他的存在只意味著家族生命的一件事：到此為止。我認定父親一定有過自殺的念頭，他沒有自殺成功只可能是技術上出了紕漏。

母親的手術沒能如期進行。偶然因素在歷史的節骨眼上再一次站起了巨大身軀。我至今能看到它的黑色陰影。母親的手術費在碼頭上給人搶光了。丟錢的憤怒堅定了母親「不要」的決心，這多少有點不可理喻。回到鄉村父親就走到大隊衛生站，他找到了赤腳醫生。醫生說，辦法是有的，就是大人要受內傷。父親沒有做聲。醫生給了父親一整瓶奎寧。這種由熱帶作物「金雞納霜」提煉而就的特效藥，專治瘧疾，同時兼備收縮子宮之功效。鑑於這一效能，奎寧一度又成了墮胎良藥。它成了鄉村愛情悲劇裡最有力的巨靈之掌。母親接過奎寧後鎮靜無比。她倒出了一把，昂頭吞了下去。幾十分鐘後母親的臉上開始發白。她躺下了，當晚就神志模糊。母親喘著大氣說，下來了沒有？父親沒有回答。母親說，再吃、再吃、再吃。恐怖在這個時候襲上了父親的心頭。母親已經完全不對勁了。母親大病一場，墮胎卻沒能成功。我在母親的子宮裡堅守自己的陣地，直至最後勝利。我的頭痛病不知道是不是因為這把奎寧。從記事起我的頭就疼。我一直認為人應當頭疼，就像長眼睛和流鼻涕一樣理所當然。我看了《西遊記》後才知道，即使是孫悟空也是不該頭疼的。頭疼完全是有人念咒。頭疼是一件最頭疼的事。它伴隨著思想，成了我思想的前提和代價。

母親病癒後沒有放棄她的使命。她可能已經忘記了墮胎的初衷，只留下了一種心理憤恨。她開始為墮胎而墮胎，就像不少人為吃苦而吃苦，為拍馬而拍馬一樣。母親挑水、登高、深蹲、下跳，母親在炎熱的日子裡拚命跳繩，繩索在她的腳下頭頂呼呼生風。母親從一數到兩千，母親累倒了站起來，生命不息墮胎不止。但母親終於失去了信心。母親逢人就說，怎麼回事，怎麼回事，怎麼就是下不來？母親說，你拿碾子碾吧，實在是下不來了。父親動了大怒，沉默的父親終於高聲呵斥說，生，給我生，我倒要看看是個什麼東西。沉默的人一開口往往就是真理與命令。母親這時候相信了命。命就是這樣。命中一丈難求八尺。

林康的肚子一天天大起來，背影也開始糟糕。她白天在家吃飯睡覺，夜裡去交易大廳上班。我不知道她那個老闆是怎麼弄的，竟然允許她這樣在公司裡進進出出。在我研究家族史的慘澹歲月，我和林康的關係反而平靜了許多，像兩個客人，彼此相安無事。林康有好幾天甚至都像賢妻良母了。隨著我對歷史研究的逐步深入，我日漸消瘦下去。林康懷疑我有了外遇。這是她所希望的。這樣也許就扯平了。所以林康明白無誤地告訴我，你可以在外頭「搞」。應當承認老婆懷孕是男人的危險期，多數男人在這段日子裡不可救藥。但我沒有外遇。我堅信這段日子的前期我已經陽痿了。我甚至盼望自己就此鬆軟下去。這沒有什麼好可怕的。就是在這段日子的前期我愛上了漢字，是夾在日語裡的那種。我在新華書店裡找到了日語教材，上面用最時髦的圓頭體寫了「日本語」三個字。我不知道這三個字用日語發出來是什麼聲音，但我憑藉漢語文化直接走進了日語。世界上竟然有這樣兩種民族，憑藉一個民族的文化呼吸體驗到另一個民族的文化體溫，而這兩種文化相去甚遠，只在文字裡留下一些似是而非。為此我曾傷心萬分，內心風雨交加，千古悲傷風起雲湧。我就是在這個傷心的午後決心學習日語的。我捧回了大捆日本語書籍和教學磁帶。林康望了一眼我手裡的東西，沒有開口，我也沒有開口。我望著林康，她臉上的那種神情一下子又回來了，她臉上的中國表情剎那間喚醒了我：我從來就是個漢人。看到林康的表情後我立即決定放棄日語。這兩個決定之間只有七十六分鐘。我認定了我一生將是這七十六分鐘的矛盾體驗。我將在這種衝突中風雨飄搖。

遠方之月
靜靜秋穹
沐浴岸之彼與此

月亮升起來了，這是海上的月亮。海上的月亮有一種宇宙性浩瀚悲傷。聽不見風，風把月亮揉碎了，隨海面千里閃爍。我的頭不暈了。我堅信我已經把自己吐乾了。我的身體空空蕩蕩，接近於無限透明。我不再暈船。這是一個奇蹟。是我的頭疼治好了我的頭暈。我的頭再一次疼痛起來，也就是說，我又可以思想了。但這一次頭疼對我意義重大，它不是回到當初，而是一次涅槃，是心智的皈依與宗教的誕生。頭疼是我的天國走廊，它使我的思想沿著這種銳利的感覺拾級而上。我立在子夜的海面，頭頂是宇宙，腳下是海洋。大海的嚴寒逼近了我的肌膚。我幸福地顫慄。我堅信上帝就在身邊，人類已經離我而去。我以人類的形象在冬的子夜和上帝對視。我幸福地顫慄。我大聲尖叫。我發出前所未有的古怪叫聲。我呼喊，但不能說話。我只會說漢語。任何語種都是對上帝真意的曲解。我不用任何語言。我不說話。我發出古怪的聲音，沒有回音。這很好。月夜的世界就剩下月亮和我。月亮冰冷，我用身體體驗月亮冰冷。宇宙，我是你的知覺，我冷。我幸福地冷。我無限衝動地冷。陸地是你們的，同志們，大海歸我了；白天是你們的，同志們，子夜歸我了。你們在大陸上做夢、謀畫、盜竊、性交、暗殺、窺淫。我在海上，我沿著月光看見了宇宙的浩瀚悲傷。

你是誰，孩子？你在大海上哭什麼？

你別過來。你是誰？

我是安徒生。你八歲時在我的書上見過我的木刻肖像插圖。你讀我的書時流淚了，孩子。那是你第一次讀書流淚——給你，這是火柴。

你怎麼到大海上來賣火柴？

我不是賣火柴，孩子，我只是聽到了你的哭聲。我住在北歐的童話白色裡，那是一種無比乾淨純粹的雪白。我知道你是一個漢語史學家，我來看你。我聽說你在漢語面前遇到了麻煩，你不應該有那種痛苦，孩子，你太小家子氣了，這只是一件很小的事。很小，孩子，你應當熱愛漢語，是漢語哺育了你。上帝給了我們每個人一個語種。每個語種都是上帝的一種方式。

這絕對不是一件很小的事，安徒生先生，我是卡爾．馬克思，德國哲學家。馬克思從遠處橫插進來，站在我與安徒生中間。他的大鬍子在月光下如一團白色火焰。麻醉人民的精神鴉片是宗教；而對你來說，安徒生先生，是童話。人類應當放棄童話，就像火焰應當放棄冰塊！

我讀過你的書，卡爾．馬克思。您的漢語說得很好。

我的漢語非常優秀。可我用漢語讀不懂用漢語出版的馬克思著作。我無法用漢語思想，你知道，思維一旦不能用語言來進行，不是思維有問題，就是語言有問題。你瞧，我買了這麼多漢語著作，全是我的書。中國的市場上過去是我的書多，現在是日本商品多。你知道日本嗎孩子？你應當關注日本。它不是一個國家或民族，對於當代世界而言，日本是一種形而上。

日本不只是形而上。日本人敲門來了。日本人站在陸府的兩隻石獅中間，伸出手，用中指的關節敲出極其形而下的聲音：咚咚。

開門的是張媽。張媽一眼便認出了身穿便裝的板本六郎。下等人對陌生人的記憶個個都是天才。張媽出於本能隨即便要掩門。板本撥開張媽的胳膊，笑起來。板本的笑容是張媽毫無準備的，張媽就那樣看著板本六郎結實牙齒上銀白的光，雙手垂掛了下去。板本的身影走過了陸府的天井，他的雙腳在「人」字形地磚背脊圖案上交替踩踏。這時候陸秋野已經走上了過廊。他們相互對視。他們的對視風靜浪止。板本說，陸秋野？陸秋野說，是。板本走上台階，看見許多細微的汗芽亮亮晶晶地從陸秋野的額上往外蹦。板本說，我是板本六郎。陸秋野的手往客廳的方向伸過，說，請。板本跨過門檻，一邊走一邊脫手套，脫得從容斯文又傲岸狂妄，一隻指頭一隻指頭慢慢拽。板本坐在紅木太師椅上，白手套扔在了桌面上。我看見過你的字，板本說，我喜歡你的字。陸秋野站在一邊，見笑了，陸秋野說，塗鴉罷了。板本的臉陰下來，說，我喜歡你的字。不敢，陸秋野惶惑起來，說，實在是不入流。八嘎，板本大聲說，我喜歡你的字。陸秋野怔在了那裡，不知道該說什麼。客廳裡驟然寂靜。陸秋野的耳裡訇然響起條台上的鐘聲。靜了好大一會兒板本說，我想看看先生的書房。陸秋野回過頭去，說，張媽，茶。板本伸手攔住，說，茶不好，我們喝酒。板本走進書房，四壁就掛著字畫各一幅，別無特別之處。板本從書案上取出兩支香，掏出打火機點燃，插進白瓷香缽裡去，說，我磨墨，先生賜教幾個字。這時候張媽送酒進來，陸秋野對張媽說，張媽，你來磨墨。板本說，我磨墨。張媽倒了酒，是兩碗花雕，就退出去。板本端起酒來，小心地喝。放了酒就恭敬地研墨。陸秋野心神不定，泡筆，鋪紙，而後坐下來入靜。各喝了一碗，陸秋野提了筆，寫下「野渡無人」。想團掉，見板本盯著，又不敢。板本拿起來，只看了一眼，說，狗屁不通。陸秋野氣浮上來，怎樣調息總是亂，一口氣寫下四幅，自己的臉上也慚愧了。板本就不高興，問，陸先生這樣浮躁，是怕我殺人吧？陸秋野一氣說了五個「不」，端起酒，只是喝。板本說，要不就寫「秦月漢關」，意思多多有。陸秋野提了筆，凝了半天神，又放下，說，這樣的意思我越發寫不好了。板本說，我研的墨可是到了好處，寫不出好字，不該。陸秋野又喝過一回酒，寫下「玉人教吹簫」。板本說，次品。陸秋野埋下頭，又寫下兩幅。板本端詳了半日，說，廟裡的字怕是先生偷來的。板本端著酒，逕自走到客廳去，靜坐了半小時，方才回到書齋。陸秋野臉上早上了酒意，案子上已寫就了一幅，是隸書「竹西佳處」。板本說，唷西，臉上始有鬆動，板本說，有意思了，有點意思了。他們碰了碗，坐下來卻又不語。板本後來說，中國文化確是美文化，但紅顏薄命，氣數已盡，不長久了。陸秋野唏噓了片刻，站起身，隨手寫下「春去也」。橫豎裡頭氣息奄奄，枯枝敗葉，悲婉淒切。板本放下酒，瞇起眼來。板本摸著下巴，好半天說，上品，回頭看陸秋野已是涕淚滂沱。板本說，一染上暮世殘敗氣，中國文化就韻味無窮，天意。板本酒意上來，扔了碗，大聲說，你們有什麼用，支那人，你們就會說美麗的傷心話，就會弄斷腸的婉約玩意兒。你們不配活。你們是活屍。陸秋野望著「春去也」，臉上羞得不成體統，都走了樣。陸秋野酒氣全湧上來，重鋪了一張大宣紙，換了筆，蘸足墨，運足氣，恣意揮灑，一掃陰柔，憑空而來千鈞氣力，赫然而成「打倒日本」。四個字血脈賁張，金剛怒目，通體透出一股殺氣。板本楞住了，卻去了豪興，凝神望了半日，大呼「神品」！板本沉靜了十幾分鐘，呢喃說，日本會有這樣的藝術，會有這樣的中國文化。板本無比激動地說了一大通日語，他打起手勢，面對陸秋野又吼又叫。他的目光交織了希望與憤怒，最後用漢語說：「我會再來的。」

板本走後陸秋野晃進後院，太太和女兒驚恐地迎了上來。陸秋野一屁股坐上了石凳，石頭的涼意順著屁股眼直往裡頭颼，酒意也去了大半。陸秋野對著太太視而不見，說，我闖下大禍了，陸家大禍臨頭了，我們陸家大禍臨頭了。夫妻相對，無言而泣。陸秋野好半天才說，是酒害了我，是酒亂了我的性。

板本的第三次登門是在次日黃昏。依然獨自一人。板本表情寧靜從門前款款而至。板本的平靜登門使陸秋野如釋重負，卻又疑雲四布。板本顯得開朗豁達、神清氣爽。見了陸秋野就喊「先生」。板本一邊走路一邊大聲說要向陸「先生」學習中國書法。陸秋野躬身應承，隨後領著板本在陸府裡隨意走動。陸府裡所有的人都與板本一一見過。這裡頭當然包括十七歲的小姐婉怡。這是婉怡與板本的第二次見面。應當說，第二次見面是他們的真正見面。這次見面婉怡聞到了板本身上濃重的香皂氣味。這個細節至關重要。女性的嗅覺是許多大事的開端。香皂氣味使板本的形象生活化了，使十七歲的婉怡確信板本是一個「人」。這個結論導致了我們家族的大不幸。對「人」的判斷歷來會導致災難。關於「人」，是與否的判定經常走向其背反。「人」與「非人」歷來是人的兩極世界，它如同正極與負極吸附在同一磁石上面。由人到青面獠牙，只需轉個身。放下屠刀立地成佛，是現實一種；一不留神原形畢露，是現實之另一種。

我得出這個結論不是從歷史處，是在林康那裡。我時常用即時的當值婚姻當作參照去做史學研究。這是我的方法論。平庸的男人結婚後一不小心就是天才，天才男人結婚後一不小心也會平庸。我是前者。我在婚後的第一個清晨依然不能領悟這一點。我們是「五一」結的婚。在那樣的日子裡全世界的勞動人民精神飽滿，性欲旺盛，是結婚的大好時光。我們在五月二日上午九時醒來，身心疲憊而又爽朗。內心寧靜如水，沒有騷動與欲望。雖說同居日久，畢竟稍有慌亂。婚姻使我們理直而氣壯，在全世界勞動人民大團結的日子裡，我們春心勃發，風起雲湧。林康醒來後我們又吻了一陣，她像一隻啄木鳥，吻得又開心又迅速。我們誰也不願先起床，衣褲鞋襪扔得一地，仍舊可見昨日的忙碌。十點我們終於起床了。這次起床對我們雙方意義重大。我們為對方穿上內衣外褲，一切都顯得興致勃勃。我們的起床延續了一個小時，其中間隔了諸多親吻與撫摩。林康就在這時候說了那句偉大的話，她說，當新娘真好。

婚後的林康開始了社交。她認識了一大幫風姿綽約的女人。林康說，梅莉的雞心項鍊那麼大，都像鴨心了，你看看我的。林康說，小杜她丈夫上月在股票上發了，三個小時淨賺四萬八。林康說，人家媛媛那才是戒指，真正的南非鑽戒，哪像我，整個一銅箍。林康說，華蘭蘭家有高保真松下卡拉ＯＫ了，話筒都是松下牌的，金色，上面有英文Panasonic（松下）。林康說，朱彤的衛生巾廠開了兩年，小汽車都駛到公共廁所了。我一次又一次心不在焉地面對書本或地圖，聽林康說外面的世界。林康敘述的樣子像受過驚嚇，又激動又惶恐不安。我攬過林康的腰，盡量溫和地說，麵包會有的，一切都會有的。林康說，麵包當然有，你娶我還不就是買了塊麵包。林康說這話正是她當新娘的第十七天。書上說新娘的第十七天是女人一生中最美麗的二十四小時。我記起了這句話。懷著這樣的心情我審視我的妻子林康，我的心頓時涼下去。林康婚後的第十七天大失水準，出奇地難看。林康轉過了身，她的步行動態也出了問題。這世界變化真快。

我不是一個敏銳的人。我對世界的變化相當地遲鈍。我並不經意世界的五彩繽紛與瘋狂穿梭。世界在輪子上，朝自己不明瞭的方向轟然撞擊，一路閃耀金銀火光。商業與市場在風蝕人們的神經，人們既興高采烈又憂心忡忡。儘管我不敏銳，可我知道世道的變化已經來臨，正跨越我家的門檻。金錢在半夜敲我們的家門了，像貝多芬的《第五交響曲》那樣，$\underline{03}\ \underline{33}\,|\,\dot{1}\ -\,|\,\underline{02}\ \underline{22}\,|\,7\ -\,|\,7\ -\,|$，命運敲響了我的家門。林康和我吵一次命運就向我逼近一次。我感覺到了世界的力量，可我不知道世界在哪裡。我漫無目的走上大街，大街上布滿陽光，各色人等行色匆匆，所有擦肩而過的人都留下酸臭的汗味。人體的這種分泌物充滿了醜惡性質，它使肉體與精神變得黏稠。焦躁的喇叭聲宣洩了司機的內心煩倦，反映出人類對自身

目的過於熱切與缺乏節制。我走了一會兒就累了，累透了，都不知道城市在哪兒了。我回到家，捧起書。我並不想研究歷史或學問，我只是讓浮動起來的心再降一降、靜一靜，有能力迎接林康。

天氣開始變熱。我們新婚的新鮮勁頭似乎過去了。我們的床笫之事有了些節制，大熱天我不再冥想，人也疲沓起來。林康一日接一日地憂鬱下去。她終日盤算我們兩個中的一個「下海」或「跳槽」。我提議說，我們到卡拉ＯＫ廳裡去坐坐，興許有點樂趣。我們選擇了最便宜的一家，最低消費每人人民幣三十元。我們坐在空調冷氣裡，手執冰鎮雪碧，四處一片暗藍。林康說感覺好多了。乘著興致我為她點了幾首歌，她唱得很開心，就是低音低不下去，調子起高了，高音部分又吊不上來。我注意林康的大臂上又有了清爽滑膩的手感。一下子又回到初戀歲月，整個晚上林康就熱烈地說，再唱一首，我就又為她再點一首，臨近子夜告別歌廳的時刻，林康又說，再一首，最後一首，唱完了就回家。

我們的好心緒沒有能耐到回家。從卡拉ＯＫ廳裡出來我們的皮膚就像燒著了。世界是逃不掉的，它永遠是老樣子。你躲來躲去還是要回到世界裡去。在路燈下面林康的情緒壞了下去，臉上又出現了憂鬱，她的臉色在路燈下慢慢地難看起來。林康說，什麼時候家裡能裝上空調，小日本的空調一個要一萬多。我說，要不你到日本去。林康說，能去早就去了，沒那個命。我說，日本人可是給我們打回去的。林康笑起來，說，算了吧，你算了吧，中國人個個都是皇帝的心，太監的命。我說這話可說差了，你就沒有嫁給太監。林康說，你就剩那麼一點能耐了。這句話我聽了不開心，內心的厭煩如夏夜一樣升騰，我和林康在城市的夏夜款款而行，在城市的夜景裡構成了又一幅愛情與婚姻的苦難即景。我開始了心不在焉。我不時打量踽踽獨行的少女，她們像蝙蝠，在夜的顏色裡華麗地飛行。我其實不是一個花花腸子的男人，我弄不清楚這一刻我為什麼這樣看女人和姑娘。這不好，尤其當著妻子的面。林康說，你看什麼？林康顯然發現了我內心世界的新動向，女人做了妻子在這上面都是有眼力的。我說，看什麼？我什麼都沒看，我只是有些心不在焉。不對吧，你弄錯了吧，林康說，是對我心不在焉吧。我說，有什麼好看的，又不是什麼天仙。林康站住了。我也只好停下腳步。不打自招！林康惡狠狠地說，林康這麼說著兀自走了。我無趣地走在後面。我認為林康應當說「此地無銀三百兩」，這樣說文雅些。「不打自招」，這樣的話完全是拉板車的人用的。我追上林康，說，看你氣壯如牛，完全可以拉板車去了。林康又停下腳步，兩隻手抱在懷裡，冷笑著說，怎麼嫁到你們陸家來的就得拉板車？

林康這話委實有些過分了。她這話是衝著我父親來的。我父親幾乎拉了十年板車。我的童年就在板車上一路吱呀著過來。

父親拉板車始於一九五八年。他成功地做了右派，整天拖著那輛木輪車跟在貧下中農身後，洗刷他的靈魂。父親的拉車姿勢是他留給我的最初印象。這時的父親顯得很粗壯，脊背被太陽烤得油光閃亮。但父親的臀部糟糕透頂，雪白細嫩，下河洗澡時顯現出與後背和雙腿令人絕望的分界。父親的臀部是他唯一沒有被改造好的部分，是舊時代殘留給他的最後的一塊文人氣息。拉板車的歲月父親終年不說話，像個啞巴胎。父親對人類語言的敵視極大影響了我的智力發展。我到三歲都不會說話，九歲依然口吃。父親不著急，母親也不著急。我猜想父親可能不太喜愛他的母語。但父親拉板車的日子產生了我的詩意童年。坐板車成了我一生的最大理想。父輩的不幸時常為兒輩完成一種烏托邦。我的童年生活浸泡在那種桃源式的歌謠裡。雞鳴桑樹顛，犬吠泥牆邊。我的世界裡只有泥土和植物，對它們我可以為所欲為。父親告別城市為他自己帶來了寧靜，也為我母親重新樹立尊嚴提供了機會。父親不說話，母親則成了最優秀的鄉村教師。父親不招人喜歡，也招不到討厭，而母親則是廣受歡迎的鄉村客人。母親的外地口語與眾不同，她的言談裡有完整的主謂賓與定狀補。她的口語就像「毛選」那樣又標準又正確。許多農民把他們的孩子送到母親面前，他們盼望自己的後代能像我母親那樣，一開口就不同凡俗，甚至能拿起毛筆，在新春時分的大門上寫下一副對聯，表達他們對黨、對毛主席、對大米棉花以及醬醋油鹽的款款深情。

父親拉板車的後期階段我沉醉於我的科學研究。我和貧下中農的紅後代們整天研究新型食物。那一年我五歲。我們的方式很原始，即身體力行。我們四處尋找，找到什麼吃什麼。飢餓使我們對鮮嫩植物充滿好奇與欲望。人類對食物的不斷發現應當歸功於人類的飢餓感。人類餓不死不是因為有食物，相反，是飢餓本身。世界在飢餓面前無所不能。大學三年級我曾在圖書館九樓通讀漢文版《資本論》，馬克思沒有能說出這個真理，這是這部從商品入手研究生產力與生產關係的經典巨著給我們留下的巨大缺憾。誰是我們的食物，誰是我們的非食物，這個問題是生存的首要問題。我們吃棉桃，吃槐花，吃枸杞，吃桑葉，吃芨芨草，吃野茼蒿，吃蘆葦心，吃椿樹根。我們決定吃什麼什麼就能吃並且好吃。一九六二年的春天是槐樹花最瘋狂最豔麗的一年。與此同時，也是楝樹花最妖嬈最鮮嫩的季節。春風乍起，落英繽紛，千紫萬白，交相輝映。槐樹的白花與楝樹的紫花使我們的村莊呈現出一種大喪禮式的隆重與喧鬧紛繁，就像林黛玉所描繪的那樣，花謝花飛飛滿天。林黛玉吃燕窩喝參湯，她當然要關心花瓣的飛行姿態。我們不關心。我們不認識姓林的黛玉。我們對植物的好醜喜惡只有一個標準：是否能吃。但你要知道槐花的滋味，你就要親口嘗一嘗。「嘗一嘗」的結果是令人振奮的。味道好極了。我想我肯定是吃得太多了，當天夜裡我就開始拉稀，拉稀令人絕望。肚子裡的嚴重虧空使拉稀的意義超出了病理性質。這次拉稀使我的腦袋更尖，下巴更長，鼻子也更扁。這次拉稀的曠日持久超出了常規。多年之後我依然有這樣的條件反射，看見槐花飛揚我就想拉。父親無計可施。父親與母親正一起承受著大便乾結的折磨，他們吃秕糠，啃地瓜，排泄物在腹部百結愁腸。父與子有關排泄的矛盾格局給了父親以靈感，他決定以毒攻毒。父親用秕糠往我的嘴裡塞。第二天他的以毒攻毒便大獲全勝。拉稀與便秘的鬥爭以秕糠的最終勝利而告終。我不拉了，立即又走向了反面，只剩下大便的欲望，卻無拉稀的曉暢。多年以來我一直做有關大便的夢，百般辛勞而無功。肛門的壓迫感讓我快要發瘋了。大學時代我曾就此請教過我的心理學老師。這位高個子「佛學專家」從釋夢的角度認為我可能是「性亢進錯位」。他一邊給我開書單一邊啟發我，注意「性欲肛門期利必多轉移」。大便阻塞的歷史時代我渴望放屁。不過話說回來，依照經驗，我是不太情願放屁的。肚子裡的東西都是寶，值得去愛護、去珍惜，哪怕是氣體。節省一點是一點。我們這個民族是放屁也能放出失落感與憂鬱感的民族，應當產生史詩與藝術巨製。有人說「一不小心」就能「弄」出個《紅樓夢》，我是相信的。肯定會有這樣的事。一般說我的寫作也總是小心翼翼，真的「一不小心」弄出個《紅樓夢》來，多不好意思。

這一年的夏季充滿詩意與可讀性。這麼多年來一直是我追憶的重點部分。

必須承認，這是一個華彩季節。這一年的夏天河裡擠滿了人。漢語說，「靠山吃山，靠水吃水」，說得真好。漢語文化對世界的唯一解釋就是吃。人們擁擠在河裡，向所有的水中生命發動挑戰。我記得人們在水裡熱情洋溢的模樣，一具又一具屍體漂浮在一九六二年的夏季水面。這些屍體隨液體波動，筷子一樣又生硬又零散，夾不住任何東西。許多屍體從水中撈起後被人抬著走，要繞過一道大壩，壩上用石子嵌了八個大字：打倒美帝！打倒蘇修！我們在胸懷飢餓的日子裡依然不忘放眼世界。

我真正放眼世界是這次海上。放眼的結果令人尷尬。我一無所獲。海是一副中央帝國的樣子。世界只是它的岸。在海上我堅信，人類的意志與想像只是相對於大陸而言的，如果沒有海洋，世界史只可能是獨裁者的日記。

白天我幾乎都坐在機艙裡。這裡馬達轟鳴。我堅信這樣的喧鬧轟鳴對梳理我的思想大有好處。轟鳴是一種負安靜，也可以說是安靜的另一種極端形式。我點了根菸，又孤寂又幸福地天馬行空。我喜歡這樣的心智狀態。大海一片浩淼，而前面就是日本了。許多日本漁船和遠洋油輪和我遙相呼應並擦肩而過，我注意到他們的船隻喜歡用漢字「丸」來表示。「櫻花丸」、「川貝丸」、「雪國丸」、「富士丸」，諸如此類。我越來越喜歡「丸」這個字，儘管我不知道它在日語裡表達了怎樣的所指。在海上緬懷人類的大陸世界，處處可以用「丸」去概括的。世界就那樣可笑，被一隻手搓成丸子，放在一些無聊透頂的地方，隨風漂泊，隨波濤洶湧而去。我用漢語思維、體悟，卻企圖涉及全人類。我懷疑漢語可能是離世界本體最遠的一種族語言。它充滿了大蒜氣味與恍惚氣息。這種高度文學化、藝術化的語種使漢語子民陷入了自戀，幾乎不能自已。關於語言我可是個行家。我了解語言對上帝意旨的詮釋狀態。在這個世界上另一個像我一樣理解語言的是斯大林。也就是被稱為「全民的父親」、「人類的主宰」的約瑟夫·維薩里奧諾維奇。他寫過一本很有名的書：《論語言》，是一本寫得不錯的著作。我坐在木板上，屁股下面是柴油機的震顫，強烈而又細膩，我看見斯大林沿著我的想像向我走來。由於柴油機的緣故，想像裡的斯大林不住地顫動，像得了很嚴重的帕金森氏症。許多偉人都死於這一頑症，毛澤東就是其中的一個。斯大林站在我正面，留了八字鬍，身穿軍用呢大衣，腳蹬馬靴。他面色嚴峻，憂心忡忡，目光凝重而又冷漠，透出一股領袖式的宇宙感。只有關注人類與世紀的眼睛才會有這樣的目光。你好約瑟夫，我說，我想和你談談語言約瑟夫。斯大林站住腳，憂鬱地望著我。我加大了嗓子說，我們在海上，沒有路也沒有牆，這裡很安全。斯大林向四周看了一回說，我知道很安全，雖然我有很多警衛戰士，但我知道，有人就會有安全問題，警衛越多當然人也越多。——你瞧，這已經是邏輯學的範疇了。

您為什麼那樣關注語言，約瑟夫？

您為什麼叫我約瑟夫而不叫斯大林？斯大林反問我，這兩個概念都是指我。約瑟夫是您，而斯大林是世界意義上的您。如果我沒記錯，「斯大林」是列寧同志給您起的名，漢語的意思是「鋼鐵」。

你瞧，語言多麼複雜，離開思想的抽象語言是沒有的，正如沒有離開語言的思想。你為什麼是漢人？很明瞭，因為你用漢語思維。

照這樣說，一個漢人能順利地用日語思維，他就會成為日本人了？

當然會。這是我研究語言學的意義所在。優秀的人類戰略家在任何時候都應當關注語言。人類歷史已經告訴我們，帝國主義時期是以「英語帝國主義」作為標誌的。同樣，俄語應當是人類共產主義的語言。人類大同的夢想必須以語言大同來實現。

可是中國人更愛說漢語。

哦，我們可以這樣說，那是具有中國特色的初級共產主義。

約瑟夫，我們談談具體的問題，這麼說吧，我對日語一竅不通，可我有日本人的血統，二次大戰時，您知道我……

是這樣，斯大林打斷我說，我明白了，是這樣。但你是中國人。就像約瑟夫是斯大林一樣不容置疑。漢語是一種不可同化的語言，它是語言學的特例。我了解漢語。我了解中國人。

我很高興我是中國人，對這個民族我充滿自豪，不過就我個人而言……

我只關注人類，斯大林鐵板著面孔說，我對個人沒有興趣。

斯大林就這樣打斷我的話。斯大林緊鎖眉頭的樣子使他更像一個憂鬱浪漫派詩人，甚至有點像葉賽寧或夏多布里昂。斯大林說過再見就走出了機艙。太平洋蒼莽無垠、碧藍浩淼裡有一種宇宙感傷渲染我、感動我，使我不能承受。海洋就是這種東西，吸引你來，再把絕望劈頭蓋臉潑給你。太平洋不關心人類的語言，它有它自己的文化局面，波動、傳遞。東西南北風，東南西北浪，對世界不偏不倚。我手扶欄杆，意識到太平洋的存在是對人類的一種告誡與嘲弄。我堅信地球生命一定起源於海水。大陸生命的出現預示著海洋生命的一次有效剔除。這是大陸的災難之源。城市無疑是大陸的最後墳墓。人類習慣自掘墳墓，然後，迷醉而優美地跳進去。

我們就那樣在城市裡作踐自己。城市是人類放逐自我的最後途徑。和林康的吵架使我學會了出走。這次婚後冷戰持續了相當長的歷史時期。中間有過短暫間歇，甚至有過初戀的迴光返照。林康在這段日子懷上了我的孩子，隨後的一切又亂了套了。

我想我就是在這次冷戰中成長起來的。這段落魄的日子導致了我的外遇。是一次豐收。事情發生在下班以後。下班後我漫步在街頭，剛領了工資，走在路上信心十足。晚風習習，華燈絢爛，行人也就格外地漂亮動人。完全是改革開放後的城市外景。喝酸奶時我遇到了夏放，她的本名叫王霞芳。夏放只是她的藝名，也就是在舞台上走鋼絲時所用的名字。我其實並不愛喝酸奶，我喝酸奶完全是我的一次精神渴望，我希望能得到一次緬懷。這裡面有潛台詞，日本人的廣告說：「酸奶——又酸又甜；初戀的滋味。」處在我那樣的時刻是容易追憶初戀的。我站在乳白色的立櫃前，說，酸奶。

外遇在這時拉開了序幕。一個姑娘站在斜對面，背影是窈窕淑女。白裙子，黑背心，蘑菇頭。小腿有極好的外弧線。因為吮吸需要她的脖子傾得很長。她的脖子讓我激動，讓我無端地活躍起來。這樣的脖子無疑是產生愛情或婚外戀的溫柔場所。她轉身時我們的目光相遇了，還弄出了不少畫外音。我是一個極本分的男人，完全料不到自己在這上頭會有潛能。她的口紅笑起來，眼影部分有了適合於男人進攻的可能性。我說你好。她點點頭。好像是老相識了。我們結帳後款款漫步，城市夜景嫵媚起來，霓虹燈也活蹦亂跳。我開始讚美她的脖子，然後稱讚她脖子的上面和下面。由於酸奶的緣故，我的智力開始發酵，噴發出芬芳泡沫，說出了意想不到的美妙警句。她聽進去沒有我不知道，但我說得開心。我用批判現實主義的激情批判金錢、家庭、股票和倫理。在虛幻的激情中我意識到自己實在是個偉人。這一回她聽得很耐心，低著頭，認真地咬左手的食指關節。她的這個動作可愛又可憐，使天下的男人勇氣倍增。我們在路燈下的身影時而頎長時而粗短，充盈了深刻的歷史精神和不確切的現實狀況。後來她說，我有點累了。她說這話時依然咬著食指關節，眼睛裡全是優美的委屈。我立住腳，想擁抱她，嘴裡卻說，你叫什麼？夏放，她說，夏天的夏，開放的放。我就料到她會有這樣的名字，不同凡俗，意味雋永。夏放眨巴了眼說，我累了，我真的累了。我提議找個地方坐坐，再喝點什麼。夏放說，要不呢，就到我那裡去，我可是從來不把男人帶到我那地方去的。我有點兒不坐懷而亂，愚蠢地笑起來。她說，笑什麼嘛。我就說，走。

我一點都沒料到我正在做什麼。興奮得過了頭了。男人的第一次外遇至關重要，它的意義等值於婚姻。所謂家花不如野花香，完全是一種驚心動魄的墮落，又無聊又幸福。進了門我情不自禁地誇她的腿。她說：「當然好看囉，這雙腿是走鋼絲的嘛。」為了證實雙腿的良好性能，夏放挺直了一條，緩緩舉過了頭頂。夏放的這個舉動對我是一場災難。她的粉紅色內衣點燃了我的夏季。這時音樂響了，是一支簫，有氣無力卻春意勃發。我的目光生硬了，她恰到好處地兩腮含春。雖然鋪墊過於倉促，但畢竟是水到渠成。我們胡亂地吻了。

她經不起吻，鬆了下去。在夏季的這個晚上我走出了人生的重大步驟。夏放給了我無比新奇的感受，她在床上膽大心細無微不至。她的床上工作充滿想像力，體現了現實主義與浪漫主義的良好結合。這個走鋼絲的女雜技演員讓我體會到了鋼絲的危險與刺激。我們一次又一次起死回生，一次又一次有驚無險地跳向彼岸。後來風停了，雨住了，我們的臉上露出了笑容，滿足而又疲憊。夏放伸手摸過手錶，看了一眼。她很突然地坐起來，對我說，八點了，你該付帳了。我支起上身問，你說什麼？夏放沒看我，用剛才的平靜語調重複說，付帳吧，都八點了。

我坐起來。我心中大片大片的愛情剛枯木逢春就遇上了風暴。我企盼一次外遇，卻做了回嫖客。我說你是婊子。她笑起來，說，難聽死了。我說你他媽的是個婊子。她說，我六歲走鋼絲，十二歲團長把我睡了。走鋼絲，和男人睡覺，我就會做這兩樣事，不過呢，她咬著下唇說，女人誰不想做那個，你剛才說的那個，就婊子吧。

這個該死的夜混帳透頂。我走在夜城市路邊，腦子裡洶湧起大段的自我獨白，我相信第一回做了嫖客後的文人內心都裝滿了一部巨著，從盤古開天地到改革開放，從中華民族到美利堅合眾國。我開始了哲學沉思。我用幾個小時審視了自己全部的心靈經歷。我為找不到藉口而懊喪。於文人而言，深沉狀態大部分是墮落找不到藉口的傷感狀態。霓虹燈依然在搔首弄姿，我習慣性地把手伸向口袋。空了，歸來卻空空的錢囊。我終於發現我的內心獨白遠沒有那麼偉大，沒有歷史氣息與文化構架，只是一種恐懼。人民幣貼到婊子的肚皮上去了，回家沒法向林康交帳。

大問題依然不在這兒。問題是夏放的身體和她床上的姿態對我產生了巨大誘惑。她那種大膽不要命的細膩波動與呻吟給了我罪惡式的歡愉。罪惡歡愉是一種徹底，人類走向「原罪」委實是一種解放。我終於被自己說服了，第二次走向酸奶街頭。我知道我不可救藥了。「一」意味著誘惑，「二」則有了規律性墮落。我不是在街上，而是在電器商店裡找到了夏放。我走上去，輕聲叫她的名字，對她說，我們去工作。她純情無比地笑起來，甚至有點害羞，像個處女。聖潔與淫蕩歷來就是優秀女人的拿手好戲。她說，我剛買了盤麥當娜CD。

今天回過頭去看，我解釋不了當初與夏放的諸種瘋狂。肉體被24K情欲所左右，其實很可愛。妻不如妾，妾不如偷，偷不如嫖，東方的性審美似乎歷來如斯。

在我研究家族史的那段日子，我時常做一種可怕聯想，一想起板本六郎與我奶奶，我就想起夏放與我的細節種種。這種聯想令人絕望，卻又不可遏止。我弄不懂我的心智為什麼要做這種傷心滑行。它使我一不留神就會陷入尷尬境地。板本和陸秋野關於顏筋柳骨王皮趙肉有沒有取得文化共識，於我而言並不要緊。我關心的只有一點，板本是何時實現對婉怡的性占領的。我對此耿耿於懷。性占領是一種極其本質的占領，個人或民族的許多大話題都結在這上頭。那時候婉怡似嬌花照水，弱柳扶風；板本則身姿碩健，英氣勃發。這為占領與被占領都提供了物質可能。在那樣的日子裡，有一種東西是極其重要的，即那台手搖式留聲機，它是我的家族史上最有史料價值的物什。我在許多作品裡提及過這台由愛迪生發明的音樂機器。現在它已經失靈了，放在我的書房裡，遍身籠罩了一層歷史陳跡，銅質喇叭上生了許多斑駁銅鏽，墨綠色，像啞壞了的嗓音。這台留聲機當年播放得最多的是梅蘭芳博士的唱腔選段。其時梅老闆蓄鬚明志，封了嗓子。他的唱盤自然也就格外引人注目。往年的陸府總是在夏夜唱堂會的，日本人到來後堂會也自然換成了留聲機。許多夏夜板本和陸府上的人們一起聽梅老闆的唱盤，我想這是極其可能的。他們仰望星空，四周蛙聲一片，螢火蟲的屁股在頭上的葡萄架間吃力地閃爍。陸府的不幸這時其實已經開始了。災難時常選擇良辰美景悄然而至。一件重大的事情在這種牧歌式的寧靜裡滋生了。這一夜人們照例坐著聽戲。大夥坐在天井裡，堂屋裡的蠟燭嬌羞如聖女，靜靜地秉照夏夜。張媽注意到板本、婉怡、客廳裡的紅蠟燭極其偶然地串在了一條線上。也就是說，在板本與紅蠟燭之間，婉怡的青春輪廓被紅蠟燭照亮了。她面側與後頸上的茸毛給了我奶奶一道細膩模糊的勾勒。婉怡動人的剪影喚醒了板本體內最活躍最嚴重的部分。

他馬上做出了重要決定。悲劇業已發生。在這個決定裡我奶奶婉怡的悲劇命運已不可更替。這樣的悲劇既不是宗教信條，也不是哲學體系，只是生命的糟糕流程，或者說是生命裡的致命感受。婉怡的不幸印證了中國史裡一種最本質的部分，中國史說：災難的最後不幸總是由女人來承擔，真他媽的狗雜種歷史。入侵者最無恥的舉動也都是風度翩翩的。彬彬有禮的獸行是入侵者最常見的行為規範。第二天是一個下雨的日子。奶奶的災難籠罩了婉怡少女時代最後一個處女夢。午後日本人的小汽艇靠泊了陸府後院的石碼頭。上岸的只有一個人，是板本六郎。板本走進客廳和陸秋野說笑了一陣。這時候衝進一隊人馬。有日本人，也有中國人。這一隊人馬端著長槍把陸府的上下全部趕進了後院。婉怡待在自己的閨房裡，剛要出來，門恰好給推開了。是板本六郎。板本那樣靠近並俯視婉怡，婉怡的臉上感受得到灼熱粗重的男性鼻息。婉怡的咽喉往下嚥了一回，隨後下巴慢慢地往下掛。婉怡後退的步伐與板本逼進的步伐剛好同步。婉怡的下巴用力地在動，想說什麼，卻終於沒有說出來。婉怡聞到了日本肥皂的芳香氣味。退到床邊婉怡坐了下去，神經質地握住紗帳，捂在胸前。板本挨著坐下去，攬住她的腰，然後解她上衣上的布質紐扣。婉怡的手僵在那裡，雙眼驚恐地盯住板本，甚至不會眨巴。婉怡的上衣就那樣給脫了，露出了藕色小馬甲。板本拽住兩邊，一發力，喪心病狂的撕裂聲在婉怡的內心拉開一道狹長縫隙。婉怡低下頭去，看見兩只小乳房發出淡藍驚恐的光。婉怡的腦子裡響起了一聲沉重悶響，整個身子鬆塌了，掉了下去。婉怡在暈厥裡一直感覺到一條多腳軟體昆蟲沿著她的身體四處爬動。婉怡最終被一陣劇烈的疼痛撕醒了。她的身體在重壓中被一種節奏衝撞得支離破碎。婉怡睜開眼，另一雙瘋狂的眼睛卻貼在她的眼邊。婉怡張開嘴巴又一次暈厥過去。

日本人撤走後陸秋野老爺和太太一起衝進前院。天井裡瀰漫著雨霧。他們看見婉怡的閨門大開著。他們立住腳，互相看了一眼，聽不見任何動靜。太太試探著走進去，眼裡轟地一下，小姐光裸了身子散亂在床上。小姐的身子鬆軟絕望，散發出冷凝淒豔的將死氣息，蒼白而又幽藍。她的眼睛睜得很大，視而不見地眨巴。太太打了一個踉蹌，殺人了，太太說，殺人了。老爺剛要進去，先聞見了一股內分泌與血腥的混雜氣味，老爺的手扶住門框，腦子裡空了，只看見天井裡潮濕的地磚背脊發出骷髏一樣的歷史反光。陸秋野聽見房門轟地一下關死了。太太在這樣的時刻可貴地保持了冷靜。太太閂好門，走上去給女兒擦換。太太的手觸摸到女兒的皮膚。是紅木一樣的細密陰涼。太太一邊忙碌一邊說，丫頭，你說句話，丫頭，你和你娘說句話。婉怡的目光慢慢地掉了過來，和太太對視，唇部動了動，啟開一道細小的唇隙。沒開口。

婉怡的沉默預示了她對災難的承受能力。我們家族的偉大忍耐力源於我奶奶婉怡。上帝只賦予人類兩樣最重要的東西，一是創造力，二是忍耐力。上帝把它們分別賜給強大民族和弱小民族。在我奶奶那裡，需要忍耐的是屈辱，而到了我，最嚴重的是面臨飢餓。

我在大學二年級開始接觸傑克·倫敦。他在一本書裡說，「一塊給狗的骨頭不是慈善，慈善是當你和狗一樣餓時與狗分享的骨頭。」我讀這句話時在圖書館的二樓。讀完這話我便熱淚盈眶。大作家的身上總有一股與生俱來的悲憫，涵蓋了時空，感動人類。因為傑克·倫敦的啟發，我在大學圖書館裡反覆追憶那段飢餓日子，飢餓歲月我關注的並非慈善，而是飢餓本身。我終日盼望一塊與我分享的骨頭，甚至一塊給我的骨頭。我飢餓的時代背景這裡不必補敘了，它發生在自然災害最猖獗的年代。那一年我六歲，也就是說我的飢餓也是六歲。因為嚴重缺鈣，我的羅圈腿已見端倪，中間可以夾個西瓜。我的不少大學同學以為我來自鄂爾多斯大草原，因終年在馬背上馳騁，才長成今天這種樣子。回過頭來看災難總是那樣浪漫誘人。我對羅圈腿的關注是長大之後的事，我那時最關注的是手。我一直以為我還有另一隻手，長在胃裡，拽著某樣東西往上爬。有一本史書裡說，一個民族要出了問題，這個民族的人們對自身的認識就會接近神話。我堅信六歲那年我不是依靠想像，而是靠感知，在自己的胃裡增添了一隻神話之手。

那一個午後是刻骨銘心的。依照視覺上的記憶，應當是冬日。我們幾個人坐在一面土牆陽面烤太陽。我們不說話，聞得到屁股下面稻草的金黃色氣味，我們看見懶洋洋的太陽下面走過來一個人，他唯一醒目之處是上衣上有四個口袋。他背了一只包，上面有「為人民服務」五個平絨紅字。因為某種需要或者說天意，他走到我們的身邊，坐下來。他顯得很疲憊，坐下之後就閉上眼睛，與我們分享陽光。事情發展到此一直風平浪靜，他並沒有惹我們。可是，（歷史的緊要關頭，「可是」這樣的轉折詞一直非常壞）他竟然從他的土黃色挎包裡摸出了一只燒餅。冬日的陽光下面燒餅發出金色光芒，燒餅的芳香氣味五彩繽紛地散得一地。燒餅惹我們了，它光芒四射。我們的嗅覺吐出了春天的嫩芽，目光裡淌出三尺流涎。我們站起身，滿地都是投向燒餅的枯瘦身影。他閉著眼，準備享用這只燒餅。他在醞釀充分的唾液。他睜開眼時肯定吃了一驚，他看見了一排小狗蹲在地上，神色嚴峻，窮凶極惡又彼此防範。一群小狗就那樣盯著他手裡的骨頭。他馬上冷靜了，臉上笑起來，笑得很餓。爾後他就張開嘴，把燒餅送進去，細膩地、嚴肅地、投入地、歷史感地開咬。他的黃牙陷到燒餅裡去了。在撕開之前歪了歪腦袋，而後他開始了幸福偉大的咀嚼。他的咀嚼生動活潑，依照音響能聽得見牙齒與舌頭的空間位置。最傷心的時刻終於來臨了。他的喉頭動了起來，依照經驗，他馬上就要下嚥了。他真的下嚥了。他的大喉頭無恥地提上來，我們都看見那塊燒餅緩慢而抒情地、華麗而絕望地蠕動下去。我也嚥了一口，肚子裡那隻手卻伸出來了，什麼也沒抓住，便又縮回去，反給我肚子一拳。我望著他手裡的燒餅，燒餅有一塊空缺。後來的歲月裡我堅信燒餅的空缺就是維納斯女神的斷臂，有一種殘酷、驚心動魄與無力回天的美學效果。他突然看著我，他的目光明白無誤地看著我。我預感到一種神秘的可能即將降臨。我有點暈，坐不住了。他說：「想吃？」我張開嘴，挪動過屁股。我不開口。我擔心一開口巨大的神秘降臨將就此消逝。「叫，」他說，「叫我爹。」

「爹。」我脫口而出。「爹。」我立即做了這樣的補充。我像狗那樣對稱地舔了舔舌頭。

他的臉上很開心，低了頭，用手指最靈巧的部分掰分手裡的燒餅。他掰開了蠶豆大的一塊，放在我的掌心裡。我的一隻巴掌托住蠶豆，另一隻巴掌托住巴掌。我把那顆蠶豆送進嘴裡去。我沒來得及咀嚼甚至沒有來得及下嚥，那隻手就一把抓了下去。我咂嘴追尋燒餅的味道，可燒餅的味道空空蕩蕩，連同我的舌頭與童年一起空空蕩蕩。

「爹。」我的同志們一起高聲說。

然而他又咬了一口，把那塊燒餅放進了挎包。我們一起亮開了嗓門，像鳥窩裡伸出來的嫩黃嘴巴。我們喊爹。我們彼此抗爭用力呼喊爹。他點頭微笑。不拒絕也不施與。他一定聽出了一種恐怖，那種孩童身上因餓極而出現的迴光返照。他站起身開始撤退。我們緊跟他，排了一路長隊，一路高叫爹，一路流口水。他甩開大步，最終在草垛旁轉身並消失。我們站住，道路空洞起來，我們的傷心開始升起。冬季無限蒼茫，天上飛過飢餓的鳥，它們的翅膀疲沓機械，向遠方無序而散亂地飛動。我們望著鳥，淚水與口水一起流淌。

我真正全神貫注關注鳥類是在海上。天空布滿海鷗。這個時候我當然不再是六歲孩童。海上經歷已經使我能熟練地胸懷祖國放眼世界了。在海上做鳥是一件痛快的事。海鳥的世界只是海水。沒有國境與護照綠卡那樣的囉嗦事。牠們唯一的標記是「類」。我立在船尾，成群結隊的海鷗伴隨船體而行。牠們離我那樣近，牠們的羽翼纖毫畢現。牠們瞳孔周圍的綠色光圈活靈活現，籠罩了海洋球面。牠們不用擔心人類猛獸，甚至沒有風暴之虞。牠們在沒有任何固體的世界裡自在飛翔，棲浮於液體表面。牠們是那個世界裡唯一的固體生態。我時常順沿想像做起海鷗，扶搖而上九萬里，而後俯視人類。大地上沒有國界，但人類就是這樣自作自受，干戈相見了幾千年，最終安定於劃地為牢。人類把地球瓜分完畢，並發明「祖國」、「民族」、「家園」這樣營養豐富的詞彙。人類對自己的發明滿懷深情，把故鄉以外的地方稱為「天涯海角」，把家園以外的道路稱作旅途，把母語以外的語言稱作「外語」。我們就這樣放逐了自己，並為此興高采烈。

我已經說過，父親結婚時和愛因斯坦一樣，已經成功地做了右派。父親是我們家族史上唯一投身中國革命的先驅。父親後來又成了我們家族史上唯一的一位「左派」。父親在某一天的早春意外地叛逃而出，他遠離陸家大院，走上了革命道路。父親這樣做當然有其邏輯性背景，然而父親一直不願提及此事。父親的這一舉動理所當然成了我敘事裡的空穴來風。但不管怎麼說，父親成了革命隊伍裡一位能畫會寫的文化戰士，他編順口溜，出黑板報，用石灰漿揮刷大幅標語。父親的青春面龐和新生共和國一起閃閃發光。他憋足了勁兒，不但迎來光輝的一九五七年，而且做了右派。他被送到了鄉村，在當年陸府長工們的監視下洗面革心。父親在鄉村經歷了一生中最充實的幸福時光。「母親只有疼愛孩子才會打孩子的屁股，」父親這樣對另一位右派說，「做右派是黨對我們靈魂的巨大關心！」父親感受到了中國共產黨慈祥濕潤的巴掌，是母親的巴掌，疼痛但貯滿母愛。他找來了馬克思的書，從「全世界無產者聯合起來」開始閱讀。父親從馬克思的字裡行間找到了人類的萬苦之源與理想明天。父親低頭忍受自己的飢餓，抬頭關注的卻是人類。父親在做了右派之後時常向中國共產黨最基層的組織匯報自己的思想。他說，他比任何時候都更想「成為一名布爾什維克」。村裡的「黨組織」是一位五十九歲的獨眼老頭，他是這個村的支部書記。獨眼支部書記來到父親的房間，向父親借錢。父親給他倒了開水，請他上坐。然後父親開始傾訴。他結結巴巴、夾敘夾議、聲情並茂。老支書用唯一的眼睛望著父親，說，你有錢沒有？父親說，沒。老支書站起來，跨出門檻。他背對父親，對父親說，你的思想黨組織已經掌握了。父親聽著黨的鄉村方言，一個人站在房屋中央，胸中霞光萬丈，玉宇澄清萬里埃。父親一遍又一遍回味老支書的話，熱淚盈眶了。父親寫了入黨申請，他知道從組織上來說這是不太現實的，但在靈魂上，即通常所說的思想上他有把握。他一次又一次在想像裡面對紅色旗幟與黃色錘鐮舉起右手，握緊拳頭，一次又一次內心澎湃，淚如泉湧。父親真正成為中國共產黨黨員是一九九二年，這時候他退居二線已經三個月了。父親入黨時出乎意料地平靜。回家後，他出席了我為他準備的宴會。他多喝了兩杯，不久就睡了。

實際上我要敘述的不是父親的入黨，依然是他的家。父親的住家是一個廢棄的倉庫。閒置多年，裡面依然瀰散出糜爛稻穀和農藥化肥的混雜氣味。牆壁四周布滿了老鼠洞。父親那時和老鼠做了朋友。這個秘密是我在成人之後發現的。父親能和每一位老鼠悄然對視，長幼無欺。父親一連幾個小時望著牠們，給牠們讀書、讀報，為牠們講故事，和牠們一起開鬥爭大會，批判毒蛇與黑貓。父親和老鼠生活在一處而相安無事，這無論如何是一個奇蹟。我曾見過密密麻麻的老鼠在父親的面前圍著一個圓圈用力狂奔，像召開鼠類奧林匹克，我一去老鼠就跑光了。我專門問過父親這事，由此引發過一段很好的對話。那些話相當精采，被我寫進了日記。

父親就是在大倉庫裡正式和母親結婚的。他們的床笫支撐在大倉庫的西北角。這張床和一只泥質鍋灶的對面是龐大的空間。這些空間在夜裡成了隆重的黑色，裡面裝滿了老鼠的追逐和磨牙聲。許多夜裡母親總要點燈睡覺，但點上燈更可怖，那些碩大空洞的空間在暗淡的燈光裡變得杳無邊際。空洞在視覺裡有了體積和重量。它壓在母親的睡眠上，使母親噩夢連翩。這個倉庫沒有支撐到我出生就坍塌了。在夏末的一個滂沱雨夜裡，它死於一個霹靂。我記事的時候它的舊址已成了一塊稻田，每年都長滿不同品種的早稻。這裡是我的大學，我的早稻田大學。

我的另一所大學應當是那個叫夏放的女人，那個做皮肉生意的前雜技演員。在我研究家族史的空隙，我三十七次爬上她的床笫。她給了我廉恥以外的巨大快慰。肉欲攥緊了我，她是床上的天才。我忘記了我是人，在床上我對她大聲吼叫，我是一條狗。夏放就說，我是一條母狗。這時候麥當娜正在CD唱碟裡反覆重複：像一個處女，像一個處女。我覺得我的夏放一點不比麥當娜差。在夏放面前我認真地放射我的身體，它很好，所有的機件都功能齊全。我為什麼要研究該死的家族史？漢人、大和人、馬來西亞人、盎克魯·撒克遜人、德意志人、高盧人、亞瑪遜人、俾格米人、愛斯基摩人，都是上帝精液的子民。我們是一家子，同志們！家族史歷來是歷史的叛徒，人類最輝煌的史前時代沒有混帳的家族。人體是歷史的唯一線索，人體是歷史唯一的敘事語言。惠特曼說得對，如果肉體不是靈魂，那麼靈魂又是什麼？所以我說，我又一次說，夏放，再給我。夏放肯定被我嚇壞了，說不行，絕對不行。夏放說，你累了，你要生病的。夏放關掉了麥當娜，空間頓時安靜無比，一抹夕陽斜插進來，溫柔而又性感。我說你給我，夏放望著我，像夕陽一樣望著我。她的淚水滲出來，搖搖頭，說不行，你要生病的。我把她摁住。夏放說，你要累死的。後來夏放又語無倫次了。她帶領我走鋼絲，在八百里高空。我們火火爆爆又小心翼翼。我說，你罵我，罵我日本鬼子！夏放喘著粗氣，閉著眼說，你不要命了。

深夜一點我在夏放的乳房上醒來。我想我該起床了。夏放的睫毛上掛著淚珠，吻我，無聲無息。唱機上的綠色數碼在反覆跳動。我托著她的腮，說，我的錢全嫖光了，你先記上帳。夏放幸福無比地說，日本鬼子！

凌晨兩點走進林康的貿易大廳完全是鬼使神差。我弄不懂我來做什麼。大廳裡燈火如晝，一台又一台電子終端吐出成串阿拉伯數字。我在角落裡坐進沙發，點上菸，看林康的背影。我一點看不出悲劇業已籠罩林康。她的背影與那張電子屏幕一起顯得十分平常。後來我看見林康站起了身子，站得極猛，雙手扶住屏幕，嘴裡發出一種聲音，像被燙著了。好幾位經紀人一同圍上去。我不知道在那個沒有空間的假想市場裡到底發生了什麼。我就聽見有人說，怎麼這麼快，天，怎麼跌這麼快。我撳了菸走上去，林康站在那裡，嘴裡銜著一支黃色圓珠筆。但她的臉色已經面目全非。她面如死灰，臉上的胎斑一顆一顆顯現出來。她盯著屏幕，兩只眼珠慢慢向上插。她的身子晃了兩下，一點一點鬆下去，倒在黑色皮靠椅上。死亡瀰漫了大廳。

林康是在醫院醒來的。她一醒來就癡癡地和我對視。我給她遞過水，林康沒有動。過了好半天林康說了一句話。那句話狗屁不通，卻給了我十分銳利的永恆記憶。林康說：

全世界都在騙我。

後來林康閉上眼，淚珠子在睫毛上顫動。她的樣子真像夏放。我望著她，向她的腹部伸出手去。我的手放在她的腹部緩慢地體驗，我的腦海裡反反覆覆地追憶夏放，可我怎麼也想不起她的長相。我想像世界裡的所有女人長得都像林康。妻子是我們這個時代的君主，她駕馭了你的一切，乃至想像力。我走上過廊，過廊裡是酒精與福爾馬林的混合氣味。我在黑暗裡吸菸。和我對視的是偉大著名的菸頭。它陪伴著所有的天才之夜。菸頭是夜的獨眼，它憂鬱而又澎湃。在菸頭的幫助下我想像起我的孩子，他長得像林康，完全是林康的翻版。但他是鋼琴家，靠十根指頭在八十三個黑白鍵上與世界交談。他的指頭貯存了上帝的聽覺，英語的耳朵和日語的耳朵都不再依靠翻譯，直接走進人們的心智。他有一雙清澈的眼睛，額頭晴朗，笑聲燦爛。他娶了曼丁哥語系岡比亞著名的英雄昆塔．肯特的黑色後裔。他們真正跨越了種族，心平氣和地看待國界與語種。他們坐在飛機上，看不見國界，只看見山峰與河流，許多繽紛的顏色組合在他們的飛機舷窗下面。他沿著經緯線飛往所有的地球表面演奏他的鋼琴，所有的人都聽過他的音樂，就像所有的人都有想像中的聖誕老人，白頭髮，白鬍鬚，紅帽子與紅棉襖。這不是一個具象的人，卻伴隨著人類的願望，直到永遠。這是我的孩子一生所要做的事，他只用十個指頭，完成得舉重若輕。

在這樣的夜裡我再一次無可奈何地追憶起板本六郎。我的心智全亂套了，像我的次品電腦染了病毒。我的想像在深夜迭現諸神毫不相關的事理。我不知道板本六郎是誰，關於他我實在是一無所知。這個因為文化吸引走進我奶奶家門的日本男人，卻又在我奶奶的身上創造出巨大的悲哀。這位入侵者膜拜在中國文化面前，依然不肯放棄對中國人的占領欲望。他必須為所欲為。只有這樣他才是真正的占領者。十七歲的婉怡只用了一個下午便走完了女人的一生，這一點奶奶與父親是相反的，父親用一生的時間都沒有完成自己的真正午後。婉怡多次決定結束自己的生命，但她的自殺企圖讓老爺一次又一次化解了。婉怡事實上已成了老爺手裡的賭注，老爺的家園全部壓在了十七歲的婉怡身上。十七歲的婉怡整日坐在她的閨房內，等待日本人對她的強暴。命運只為奶奶做了這樣的安排，我奶奶十七歲的婉怡她老人家別無抉擇。

日本人板本六郎在陸家大院裡只做兩件事：練習書法，強暴婉怡。他平平常常地這樣做。陸家大院平平常常地這樣接受。

初次的疼痛與驚恐之後，婉怡迎來了真正意義上的屈辱。已婚男人板本六郎開始了最慘絕的性掠奪與性剝削。他顯示了驚人的耐心，他的身體與語言都顯得無比溫存。婉怡的身體在空虛裡出現了鬆動，出現了出賣自己的可怕苗頭。她產生了性快感。這種感受使她無比羞恥卻又不可遏止。她身不由己。性高潮使我的奶奶痛不欲生。板本六郎在性高潮的前沿讓我的奶奶欲罷不能。婉怡用指甲摳挖自己的青春肌膚。她痛恨身體，對自己的肉體咬牙切齒。她老人家在性高潮的大屈辱裡詛咒肉體對自己的無情反叛。如果肉體不是靈魂，那麼靈魂又是什麼？

這樣的大屈辱產生了父親，產生了我，產生了我們家族的種姓延續。不難看出，《聖經》產生於原罪。這句話也可以這樣說，原罪產生了真正意義上的宗教。歷史就是家族對祖上的懺悔。這是人文的全部內涵。林康被注射了鎮靜劑，睡得很踏實。她打著小呼嚕。我的孩子在她的安眠裡安眠。太陽出來了，我睏得厲害。這個世界睏得厲害。醒來時天已微明，大海的凌晨無比清澈，沁人心脾。

我應該看一回日出了。這些日子我唯獨誤過了日出。我決定看一回太陽升起的樣子。我洗過臉，刷完牙，靜坐在船頭。我知道我走進了儀式。

天是藍的，海是黑的。最初出現的一抹陽光是扁的。但太陽還沒有出現。世界處在一個精心的準備階段。宗教氛圍無所不在。太陽出來了，只有拇指那麼大，是一塊猩紅。然後大一點，再大一點。和太陽的面對面我第一次依靠人類的感官體驗到地球的自轉。這是一個偉大的感覺，是四兩撥千斤的感覺。這個感覺來自於哥白尼和布魯諾。人類感覺的每一點進化都蘊涵了漫長的人文歷史，蘊涵了大犧牲和大痛苦。東方紅，太陽升，我很突然地傷感起來。沒有理由。地球在轉，我吸附在地表的弧線上，參與了這種偉大的運轉。浩瀚的海面血紅了，太平洋傷心起來，這個液體的大世界靜穆地移動，在人類的視覺之外激蕩奔騰。

儀式完成於尋常日子開始的時刻。我的淚還沒有流出眼瞼，我的激動便陽痿了。一個身影在我面前傲岸地出現了。他以這樣的教誨對我說：

聽我說孩子，一個人是一個局限，一個生物種類依然是一個局限，因為地球必須依靠我的哺育。

你是誰？

我是日神。也可以說是阿波羅、諾日朗或羲和。

我認識你，我們的夸父追逐過你，而我們的后羿又捕殺過你。全是你鬧的。明白了，你是人。地球上就你們愛走極端，聽說你們想當地球的領袖？那個莎什麼比亞自吹自擂說你們是宇宙的精華，萬物的靈長？有這回事吧？你們打得過獅子嗎？

打不過。可我們有智慧。

傻孩子，智慧是我扔給人類的魔法，讓你們折騰自己用的。

你算了吧，我們用智慧已經揭示出宇宙的秘密。我們了解自身，我們也了解宇宙。

傻孩子，宇宙的所有秘密早就讓我放到一個安全的地方去了——就在你們的腦子裡，我把它們放在了智慧的背面。你們越思考離秘密就越遠。你們看不見宇宙秘密就像眼睛看不見自己的目光一樣。

你胡說，沒有誰會相信你。

我不用騙你，孩子。就像你從來不用騙螞蟻。我沒有理由騙你們，是你們自己在騙自己。這樣，舉個例子，地球一直圍著我轉，可你們的視覺一直以為我圍著地球轉。人類了解這個最簡單的道理用了幾千年，你們反而把發現常識的人稱為英雄。記住，孩子，人類的英雄都是由於發現了常識而永垂不朽的。偶爾發現真理的人都成不了英雄，都要付出代價，因為接受真理的歷史太漫長，真理一旦被廣為接受，又將是幾個世紀，這時候真理早成了常識。

我對你說的話不感興趣，我在大海上只關心有限的幾件事，想念我的奶奶和那個日本雜種板本六郎。

關心得有道理。不知生，焉知恥；不知來，焉知去。

你能告訴我一點什麼？

不能。我只管普照大地，而後留下陰影。我不關心人類的幸福。時間與鐘錶無關，海洋與液體無關，幸福與太陽無關。

你是個騙子。

我是日神。再見了孩子，我有我的工作。神在江湖，身不由己，我要上路了。

你接受了人類的膜拜卻說走就走，你是宇宙第一大盜。

接受膜拜是我的工作，說好了的。

太陽就升起來了。宇宙一片燦爛，海面金光萬點。日神在萬里晴空對我微笑。他俯視我們，雙眼皮，胖胖的一個勁地慈祥。他的四周是線形光芒。向外發射，無窮無盡。天空在他老人家的前面只供他老人家閒庭信步。他說得真不錯，這是他的工作，說好了的。太陽與幸福無關。

但海洋依舊。液體世界坦坦蕩蕩。這是孕育風和雨的巨大平面。遠處有幾艘遠洋巨輪，它們為世界貿易而貫穿全球。遠洋巨輪在海面上相對靜止，分不清國別，在大海上宛如孩童放在澡盆裡的玩具。「文革」時期這樣的遊戲一直陪伴著我：找幾個蚌殼飄在澡盆裡的水平面上，父親指著澡盆向我灌輸了海洋這個大概念。我弄不明白父親為什麼要和我說這些，也許是太孤寂了。「文革」是父親的生命史上最痛苦的章節。他清楚地看到自己不能入黨了。這還在其次，大革命如火如荼，父親不能革命，也不能反革命，甚至不能被革命，他是一隻死老虎，除了有限的陪鬥，他一直被排斥在革命之外。這使他傷心傷肝傷膽。父親或我們的父輩在本質上是不會「出世」的，他們渴望入世，他們鞠躬只作軍前馬，九死一生終不悔。父親的晚年成了一個真正恬淡的人，到了無為之境。他經歷了極其痛楚的心靈磨難。這段歷程不是來自《莊子集注》，恰恰來自「文革」。「文革」是父親的絕對噩夢，儘管他承受的並不是「浩劫」。

父親向我講述大海。父親一次又一次用「看不到岸」向我描寫海洋世界。現在想來這裡頭蘊含了他的絕望與悵然，也蘊含了多年之後我的海之行。「看不到岸」畢竟是以超越視覺極限做前提的。依照父親神一般的啟示，我把澡盆想像成海，從比例關係出發我只能用一隻螞蟻來替代自己。也就是說，這時候螞蟻就是我了。我不知道螞蟻能否從此岸看到彼岸。這時候我望著水裡自己的倒影不知所措起來。我不得不指著倒影追問父親，那個「我」到底是誰？想像力的最初發展必然導致自身的疑懼。這完全是沒有辦法的事。這個遊戲的當天晚上我曾問父親，我是從哪裡來的？父親說：「撿的。」我說，從哪兒撿的？父親說：「垃圾堆裡。」我說，為什麼是垃圾堆？父親說：「被人扔了，用報紙裹著。」我說，是誰扔的？父親說：「生下你的人。」我說，從哪兒生的？父親說：「胳肢窩裡。」我說，胳肢窩又沒有洞，怎麼生得下來？父親說：「用刀割。」我就拿來一把張小泉牌剪刀，對著自己的身體剪了過去。父親奪下剪刀，對我說：「出去玩。」這樣的對話貫穿了我的童年，它使我憂鬱。童年的憂鬱一直與生命的本體有關。我堅信大部分中國兒童有過我這樣的精神負擔。我們沒有答案。父親或母親在山窮水盡時一律用「出去玩」來打發兒童的哲學憂鬱。中國的父親不太願意交代自己與兒子的淵源關係。這裡頭可能有一種種姓脆弱。中國父親一律希望自己的子女能大異於自己，產生「雞窩裡飛出金鳳凰」這樣的質變效果。所以我只能望著澡盆裡的蚌殼，在大海裡飄蕩。我的海洋世界是那只童年澡盆，它決定了我的憂鬱氣質與未來的寫作生涯。

憂鬱氣質一直陪伴著我，直至我有了與夏放的外遇。外遇使我開朗起來。這使我立即發現我是一個十分膚淺的傢伙。我馬上又嘗試了與其他女人花好月圓。我相信了這樣的話：十個女人九個肯，就怕男人嘴不穩。我可是一個不多話的男人。我這樣的男人完全適合肉欲橫流的都市時代。她們可不擔心我「說出去」。林康在家裡懷孕，我在外頭「搞」，真是兩頭不誤事。

我不知道我怎麼就變成這樣。看來外遇真是魅力無窮。它讓你欲罷不能。外遇是這樣一種東西，它有始無終。它使你在與任何適年女性交往中學會以豔麗的眼光看待人生。我不放過任何機會。我堅信男人和大部分女人（女孩）之間有著無限可能。我正是在這個理論基礎和認識背景下認識王小凡的。是在那個綜合性大學的知行樓前。王小凡，女，芳齡十九，大三物理系，北京人氏，身高一米六一，體重六十公斤，皮膚微黑，雙眼皮，黑眼珠，翹鼻頭厚嘴唇，臉上常有熱愛生活的新鮮表情。我碰上她時她正在看英語書，眼神裡是強迫記憶的樣子。我看著不錯，就走了上去。我一走上去其實她就完了，她還能有什麼好？

我們接吻是在當天晚上。學校正放了暑假，適合偷雞摸狗。在王小凡面前我再次證實了自己實在是個下作無恥的東西。我的主題非常明確，上床，而後完成苟且事。但我不急，過程是要緊的。現在想來我真是過分了，什麼女人我不能找，偏偏找這樣一個姑娘。不過我沒辦法，處在這樣的時候你不搞就是別人搞。與其別人搞，不如我來搞。這是哲學，也是詩。

上床是在第三天下午。從後來的實踐看，這個過程顯得過於保守。爬進大樓，撕掉了宿舍門上的白色封條。我們躺在了她的小木床上，通身上下都是汗。胡亂吻了一通，我悄聲說，好嗎？她懂我的意思了，頭枕在枕頭上，閉上眼，她就點點頭。我就往上撩她的綠方格擺裙。她夾住了。我拽了一把，她又夾了一回，她的臉紅得厲害，已是春色盎然。她閉著眼極小聲地說，你先下去。我就下床，在水泥地板上踱步。她又說，把帳子放下來。我就放下來。她說，用夾子夾好。女孩的這種儀式讓人幸福讓人心酸。我聽見蚊帳裡許多細碎的聲響，後來安靜了。我反而不知所措。做深呼吸。這時候她說，上來。這兩個字她說得極柔嫩，卻是如雷貫耳。我猜得出裡面的自然景色。我伸進頭去，她和我對視，也不眨巴。眼睛裡黑是黑，白是白，光明透亮。她伸出手來，握住了我。她把頭側向了裡邊，說，用那個，我插到枕頭下面，摸出了一串避孕套，一大串，是一個又一個圓。我說，你怎麼會有這個？你別問，她說。她這樣說我不開心。我弄不清我和她到底是誰在捕獵誰。我們開始了。她咬著下唇，只是轉動頭部，黑髮如液體一樣波濤洶湧。小鴿子，你這個小鴿子，我說。——你，她文不對題地說，——是你。

這次性經歷對我意義極大。可以用這個詞：銘心刻骨。有一瞬間我產生了這樣的幻覺：我不是我了，我成了板本六郎。在身體下面呼應我的不再是王小凡，而是婉怡。這個念頭不可告人。我堅信伴隨著性行為所產生的錯覺時常就是人們力圖迴避的歷史。歷史會在男人的性經歷中驚奇地復生。男人應當警惕自己的性欲望。這是大事。男人應當慎而又慎。亡靈在我們的軀體上復魂可是駭人聽聞的，一不小心便會把自己扔到「多年以前」。

因為這個念頭作祟第二回合我就心緒不寧。小凡看出來了。我們草草完成了第二章節。小凡為我擦汗。她用肘部蹭我一把，嘴裡說，噯。我嗯了一聲，順勢想吻她。她側過頭去，說不要。我卻收不住心思，內心不停地模仿陰暗的錯覺。我躺在那裡，喘息和流汗。想老婆了吧？小凡說。不是，我說，不是。那想什麼，小凡說，看你臉上的樣，像解放前。我說，我就想解放前。小凡卻笑起來，側過身，吻起了我的胸部。我突然就升起了一股怒火，把小凡擺平，騎上去。這一個回合來得山呼海嘯，身體發出了撕裂的聲音。你說，打倒日本帝國主義，我命令說，你快說打倒日本帝國主義！小凡快活得發瘋了，她的身體風鈴一樣搖盪起來。瘋了，瘋了，小凡說，你瘋了，你瘋了。

在想像的那一端，婉怡終於懷孕了。她懷上了我父親。屈辱同樣可以產生生命。在這裡我想做點補充，婉怡的懷孕板本六郎最終未能知曉。他死於一場小規模阻擊戰。戰爭就這樣，它從不念及文字或故事，它從不在乎當事人是不是某個故事的承擔者。它讓你三更死你就活不到五更。戰爭為我的敘事留下了無限空缺，幾輩子都補不完。我在上海尋找奶奶的絕望裡多次想起過板本六郎。我想念他，這個毀滅我們家族的魔鬼。他是我的爺爺。我在大上海的馬路一次又一次設想板本六郎六十至七十歲的老人模樣。這樣的想像讓我斷腸。我傷心至極。民族和國家絕對不是大概念，它有時能具體到個人情感的最細微部。讓你脆弱神經背起一個民族或某個歷史時代，讓你在不堪重負裡體驗他們的偉大，這個哲學結論讓我越發酸楚。上海是個令我畏懼的城市。到了上海我就要發瘋。我想念我的奶奶，我親愛的奶奶婉怡；我想念我的爺爺，狗娘養的死鬼爺爺。他們的陳舊面容和青春輪廓充斥了我的胸間，相互依偎，相互敵對，在我胸中東搖西曳。我聽得見腸子被扯動的痛楚聲響。我今天依然在痛苦。我想告訴別的史學家，中國現代史實際上遠遠沒有真正結束。

我奶奶婉怡是在中國現代史裡懷孕的。她在一個午後暈厥在過廊的木質欄杆旁。她的臉灰白如紙，她的表情像一張紙錢在半空無聲閃耀。醒來時她老人家躺在竹榻上。手腕被任醫生握住，放在了膝蓋處。任醫生極細心地問切，最後站了起來。陸秋野說，怎麼了？任醫生就是不開口。陸秋野說，要抓什麼藥？任醫生最後說，也不要吃什麼藥，她只是虛。陸秋野問，她到底怎麼了？蓄了鬚的任醫生望著大廳裡的中堂畫軸，卻又忍不住回過頭來看望婉怡。婉怡低聲說，爹，你陪任醫生去喝茶，我不會病的。任醫生沒有喝茶，匆匆告退了。等下人都下去，婉怡躺在那裡開始無聲地流淚。婉怡說，娘，誰讓你們喊醫生了？我哪裡就能死了？我還怎麼活？太太怔了半天，脫口竟說，你不來紅了？婉怡說，都二十三天了。太太說，阿彌陀佛，阿彌陀佛。

依照順序，下面的敘事自然要涉及父親。這是一個極困難的話題。我不知道該怎麼說。父親是板本六郎和婉怡的兒子，這個無須贅言。從血緣關係上說，父親應當是陸秋野的外孫。而在我的家族史裡，父親一直叫陸秋野爹。關於這一點我在下面要做介紹。這個不倫不類的尷尬局面當然是日本人板本六郎強加的。我不知道我的這部作品有沒有機會譯成日語，我當然希望板本六郎的家族成員能讀到它。我想對他們說，人類是每一個人的人類，人類平安是家族安寧的最後可能，對此，我們每個人責無旁貸。

婉怡九個月的孕期，太太則懷孕了九個月。這對於陸府是一個巨大的難題，但除此別無良策。陸府裡的下人們很快就聽說，太太「老蚌得珠」了，二茬春，又有喜了。這樣的謊言當然是做主子的編出來的。說謊的人歷來對謊言十分自信，尤其是做主子的。陸府的主子們堅信下人們不知詳情。他們生活在謊言裡，煞有介事。他們羞愧萬分地演戲。這一年陸府裡的植物分外妖嬈，後院的大芭蕉與藕池裡的巨大葉片都展示了一種特別旺盛的血運，在陽光下面反射出耀眼光芒，碧油油上了一層蠟。陸府的這一年總體上說異乎尋常，鬼鬼祟祟地富貴，鬼鬼祟祟地寧靜，鬼鬼祟祟地裝模作樣。這一切全因為父親。

婉怡的生產沒有戲劇性，由於奶奶年輕，父親的出生出奇順當。為她接生的是下人張媽。因為掌握了主人的秘史，張媽就此走進了我們的家族，並成了我們家族中飛揚跋扈的女人。人們怕她洩密，而最終洩密的恰恰正是這個女人。當然，這並不要緊。要緊的是陸秋野，我一直沒能弄明白他第一次見到父親時是何種心理。我沒法設身處地。我不能確定具體的日子，但事實是，這一天肯定有過。有一點我想過多次，陸秋野一定產生過掐死父親的可怕念頭。我認為這一猜想符合中國史。只有這樣才能「一了百了」。父親能活下來無疑歸功於婉怡。是婉怡偉大的母性挽救了父親。人類的本性與歷史規則之間僅存的這樣一條縫隙讓父親抓住了。父親的苟活得益於此。父親的不幸更原始於此。婉怡為她自己生下了一位弟弟，但是從來沒有見過她的孩子弟弟。作為家族史成員，我靠直覺可以肯定這個歷史結論：陸府終於又編造了一個謊言，婉怡順應這個謊言即將永遠離開楚水。歷史就這樣，一旦以謊言作為轉折，接下來的歷史只能是一個謊言連接一個謊言。只有這樣，史書才能符合形式邏輯，推理嚴密，天衣無縫。在我成為史學碩士後發現了這樣一條真理：邏輯越嚴密的史書往往離歷史本質越遠，因為它們是歷史解釋者根據需要用智慧演繹而就的。真正的史書往往漏洞百出，如歷史本身那樣殘缺不全。

我又說起了這樣空洞乏味的大道理。說得又平常又冷靜。其實這時候我已經再一次淚流滿面。我不知道我哭什麼。我坐在檯燈下面。小鬧鐘裡紅色秒針在機械地數時間。我想起了我奶奶永遠離開家門的那個清晨。我堅信是清晨，我們家族最要命的事件都發生在清晨。天剛剛亮，只能看見行人的大致陰影。小船靠泊在後院的石碼頭，四處布滿露珠，涼意逼人。婉怡的疲憊身軀打了一個寒噤。婉怡走向石碼頭，她在楚水徹底失去了生存的基本與可能。我知道婉怡這時候已經沒有痛苦了。她無限麻木，但聽覺卻靈敏起來。她聽見了槳櫓的欸乃聲。我奶奶踏上木船，世界搖晃不定。遠處有公雞打鳴。婉怡聽見船工打飽嗝的聲音，船就向河心滑去。婉怡回過神來，傷心往上湧，絕望往上湧。我奶奶望著陸府的黑色輪廓一股熱血就衝了上來。她坍塌了下去，倒在船艙。醒來天已大亮，婉怡輕聲說，娘，孩子，娘，孩子。這時候初升的太陽浮於水面，我奶奶對著河面盡頭血紅色太陽大聲說，天啦，天！後來船拐了一個彎，婉怡，我的奶奶，消失了。水面上只留下風，留下一道長長的水跡，一塊水疤。風後來把那塊水疤又吹皺了。水面重新呈現常態，千萬年亙古不變的常態。這種液體常態永垂不朽，不對我說一句話。它連繫了我的鄉村夢與傷心的大上海。

作為補充，另一個細節不能不交代。事情發生在抗戰勝利之後，是一個雨夜。子夜過後靠近淩晨。四個濕漉漉的黑色男人敲響了陸府的大門。陸秋野正在夢中。醒來時額頭正中央頂了個圓。是盒子槍的槍口，又硬又涼。陸秋野聽見有人低聲說，不許動，跟我們走。外地口音，無比嚴厲。陸秋野被捂上嘴，由四個人架著，走了很遠。在一條水溝旁他們停止了腳步。這時候大雨滂沱。外地口音命令陸秋野跪下，從他嘴裡拉出布團，而後問，叫什麼？陸秋野說，陸秋野。陸秋野就聽見那人說，我代表人民，判處漢奸陸秋野死刑。陸秋野沒有來得及說話，就聽見叭的一聲。陸秋野的故事在一九四五年戛然而止。

但歷史把那把盒子槍的回聲留給了父親與我。在我研究家族史之前的漫長歲月，父親提起陸秋野時總是說你爺爺。父親對歷史的故意隱瞞讓我體驗到了歷史的可怕。我時常在下雨的子夜失眠，看見歷史站起了巨大身影，以鬼魂的形式向我逼近。我一不小心就能看見我「爺爺」太陽穴處的槍眼，雨水把血跡沖乾淨了，槍眼翻了出來，一片焦黑，依稀聞得見肉絲與骨頭裂口散發出憂傷肉香。這樣的時刻我會無助地戰慄，孩子一樣渴望親吻與擁抱。我忘了自己是男人，在黑色的房間裡東躲西藏。我常為這樣的舉動羞愧，面對親友都難以啟齒。

這一切瞞不過林康。她不止一次當著我父親說我「神經病」。父親笑得很大度，滿臉都是當父親的笑。父親的笑容替代不了我的感受。我知道生活嚴重地來了。天下的妻子都是這樣一種東西，她們在男人的空間裡無所不在，她們對男人的隱私無微不至。但林康不知道我的身世，謝天謝地。許多夜裡我想把歷史真相告訴林康，我早就不堪重負了。但我不敢。在那個夏季我時常獨步街頭，銳利的陽光在大街上橫衝直撞，在陽光裡我憑空思索起身體內部血液的流動模樣。我覺得弄清楚它們於我十分重要。我想不出頭緒，但我認定血液在我的體內東抓西拽，是一隻手的樣子。這隻手攥緊了我的生命。大街上熱浪滾滾，高層建築安安靜靜，投下巨大陰影。五顏六色的金童玉女出入在商店與商店的廣告牌下面，卻比隱藏在夜色裡更讓我覺得陌生。炎熱的夏季我備感孤寂，一切都鬆軟無態，連同時間一起，敷散開來，收不住筋骨。在這樣的時刻我決定看看自己的血液。我急於了解他們的顏色與形狀。我決定回去。我在街頭走回家的路，一邊流汗一邊看自己的影子。夏日的影子真鮮明，這是夏季送給我的唯一禮物，但帶不回家。一進家門上帝就把它收走了。我進了家門取出一只搪瓷盆，瓷盆裡貯滿清水。水極乾淨，接近於虛無。我用菜刀在手腕上劃下一刀，血排著長隊，呼嘯著沖入搪瓷盆。他們無限抒情地洇開來，寓動於靜，飄飄浮浮，如七月裡的彩雲，變幻蒼狗與紅馬。我的血止不住，他們爭先恐後，在空中劃了一道鮮紅的弧線直奔自由而去。我無端地恐懼了。但我找不到那隻手。那不是劉雅芝的手。我明白那隻手不會出來，它捏著我的血管，在我的肉體深處惹是生非。

林康從房間裡走出來，腆著她的肚子。林康望著一盆子血水驚呆在那裡。怎麼了？林康說，你怎麼弄的？我的手，我說。你的手不是好好的？我想找到那隻手，我說。——神經病！林康沒好氣地撂下了這句話。

林康的懷孕是我們家族史上的一次事故。那個下午我們一同看了一部法國電影。從頭到尾都在鬧愛情。回到家林康就心血來潮了。林康換了件粉色內衣，讓我看她的腿。她問我，好不好看？我說好看。她說性不性感，我說性感。她伸出一條腿說，你看，你看，你快看！我被她弄得耐不過，扔了書，就看了一眼。林康不高興了，說，怎麼這樣看，眼睛裡一點愛情也沒有，一點火星也沒有！林康說，重看，眼裡要有愛情，要躥火星。我站起來，說，親愛的老婆，你總不能讓我強暴你吧？——為什麼不！為什麼就不能？林康說完這話生氣地走進衛生間，打開水龍頭。一本書上說，已婚女人通常渴望性暴力的，為了我們的偉大愛情，我決定偷襲我的老婆。在她洗到關鍵時刻，我衝了進去，眼睛裡弄出了一些電閃雷鳴，抱出來就把她撂到地板上。林康興奮得直打哆嗦，幸福地反抗和掙扎，地板上沾滿皂沫與水跡。她大罵流氓，大罵不要臉。後來她服帖了。再後來就懷孕了。她發現懷孕時似乎生了很大的氣。責問我，為什麼不用工具？你存的什麼壞心思？我想了想，說，眼裡冒火了，哪裡來得及。林康咧開口紅，幸福地說，臭男人，狗屁男人。

林康就這樣懷孕的。悲劇就這樣誕生了。問題大了。但問題不在林康，在我自己。我很快知道家族的版權了。這使我對林康的腹部產生了巨大仇恨。我是一個眼睛從不「冒火」的男人，僅冒了一次，就出了大事故。這是命。那些日子我常盯著林康的腹部發楞。腦子裡追憶的卻是父親。我懷疑父親曾產生過殺了我的可怕念頭。我的猜測絕對不是空穴來風。我十分渴望「弄掉」林康的肚子。現在想來父親沒能「弄」掉我完全是因為政治。政治找上了他的家門，攪亂了他，對我自然就無暇顧及了。在我成長的日子父親從不向我示愛。他愛上了科學。「文革」開始後不久他就意外地迷戀科學了。他從熱中政治到熱愛科學也是一個謎。父親愛上的當然是自然科學（我一直覺得漢詞「社會科學」實在莫名其妙），父親在鄉村癡迷於斯。他的研究是非功利的，他一個人孜孜以求。父親兒時讀的是私塾，他對近代科學幾乎一無所知。但他很快表現出對科學的赤膽忠心，他從初中代數和初中幾何學開始，一步一步向科學腹地慢移。運算和推導成了他生命的方式。父親對每一條定律與公式都重新審視。他是個天才。對他的追憶常令我想起浮士德。父親終年沉默，垂著碩大的腦袋。他把地面做了他的私人稿紙。他整天比畫、搖頭、嘆息，沒有竟時。父親找來了一堆又一堆馬糞紙，剪成若干歐幾里德平面。父親把那些平面掛在牆壁四周，他的目光停留在馬糞紙上，春節的爆竹都不能喚回他對生活的興趣。後來父親開始了物理學研究。進入七十年代父親業已成為我們鄉村的愛因斯坦。他的科學研究取得了驚人發現。有一陣子父親通宵不眠，那一天早晨他衝出大門對上工去的貧下中農大聲說，我證出來了，我證出來了！父親說，把蘋果扔出去，一定會重新掉到地上來的。父親一邊顫抖一邊說他可以證明給我們看。父親的話被幾個農民聽到了，他們說，蘋果當然掉在地上，總不能飛到天上去。父親說，飛到天上是完全可能的，但在目前的情況下，只能掉在地上。父親隨後扔出了一顆石子，石子在半空劃了一道弧線，咯地一聲砸在了地上，還留下了一個坑。父親興高采烈地說，你們看，你們看，我的結論是正確的。父親的樣子真叫人擔心，不少人都說，右派分子一準中邪了。多年之後，父親從一本科學雜誌上第一次看見愛因斯坦和他的相對論，父親慢悠悠地對我說，這個大鼻子是正確的。我說，你算了，全世界能看明白這個的也就十來個人。父親的臉上頓時傷心下去，望著我不語。父親臉上的悲傷擴散開來，宇宙一樣浩茫。父親大聲說，我不知道他是怎麼算出來的，但他的結論和我的看法一樣。父親真是瘋了。但父親是天才。讓我痛心的是，天才為什麼一定要降臨到他的身上。

我和天才父親曾有過一次爭吵，說來也是因了科學，那是恢復高考的第一年。我有我的偉大計畫，我要去讀歷史。父親大罵我糊塗，父親說物理學才是你應當關注的現實。我瀟灑無比地說，你怕了？可我要跨出局限，我要研究人類！父親的回答真是匪夷所思，父親說，傻孩子，人類的歷史才是一個局限，無限只有宇宙，宇宙的歷史是什麼？是物理學孩子。

當父親的年過四十他們的話就狗屁不值了。我沒聽父親的。我沒有選擇該死的物理學。我對形而下沒有興趣。我選擇了歷史。我成功地閱覽了上下五千年。歷史可瞞不過我。我讀了很多書。我了解人類的來龍去脈。這句話差不多成了我的口頭禪。要不是林康我一直要讀到博士畢業的。我對自己的選擇歷來充滿自信。但大海粉碎了我。我開始重新審視父親。男人三十之後父親的形象會很突然地再一次高大起來，充滿滄桑，光芒萬丈。我面對無限空間與浩瀚海面對人類的歷史產生了前所未有的厭倦。我像痛恨嘔吐那樣憎恨起歷史與史前。藍天白雲飛鳥海平線安慰不了我。傷心奔騰起來，空闊包圍了我，我的靈魂變得孤立無助。長浪機械地、刻板地周而復始。我緬懷起我未竟的物理學。我仰起頭，湛藍的天幕上寫滿了宇宙密碼，那是物理學的全部要義，可我讀不懂。拿它們當浮雲看。我眼睜睜地看它們隨風而去。在海的夜我面對宇宙，宇宙讓我明白的只是我的一無所知。我失去了與宇宙平行面對的最後機緣。淒涼如海風一樣掠起我的頭髮，我能夠忍住眼淚，卻不能忍住悲傷。這是三十歲的男人承受痛苦的方式。一個又一個海之夜遠離我而去，大海把我遺棄給了白晝。大海的白晝是那樣荒蕪，沒有植物展示風，沒有固體參照距離，沒有生命演繹時間。我立在船舷，甚至找不到一樣東西來驗證自己。而此刻，歷史卻躲在圖書館地下室的密碼櫃裡，堆起滿臉皺紋，張大了缺牙的臭嘴訕訕冷笑。歷史用漢語、日語、英語、法語、俄語、德語、西班牙語、義大利語、葡萄牙語、克羅地亞語、印第安語大聲對我說，傻小子，你上當啦！我望著海水，水很團結。它們一起沉默，只給我一個背。

那個平靜優美的凌晨我完成了我的大海漂行。我帶著那張毛邊地圖隨船隻靠泊大陸。是一個城市。是上海。晨風清冽，夜上海燈火通明。黃浦江倒映出東方都市的開闊與輝煌。一道又一道液體彩帶向我飄曳而來。上海把世上的燈盞都慣壞了，它們是大上海的女兒，美麗而又任性。東方欲曉，遠處布滿機車的喘息。大上海快醒了，它只在黃浦江的倒影裡打了個盹，就準備洗漱了，然後打開門，迎接世界。

這時候我身不由己地想起我奶奶。她此刻正安眠。她在她的夢裡。她老人家用最純正的楚水方言夢見了多年以前。我用眼睛認真地呼吸上海。我無限珍惜在黃浦江心對上海的審視角度。這是我奶奶婉怡無法獲得的視角。我的悵然與淒苦不可言傳。我就在奶奶的身邊。歷史就是不肯做這樣簡單的安排，讓我們見面。

在一盞路燈下我上了岸。上海這個城市給了我的雙腳以體貼的觸覺。我的身影狗屎一樣趴在水泥路面上。我走了十幾步，踏上另一條街。路燈拉出了大街的華麗透視。滿街都是凌晨清洌。我的頭卻暈起來。路也走不好。我知道我開始暈岸。大陸和海洋是一對冤家。海洋認可你了，陸地就不再買你的帳。水泥路開始在我的錯覺裡波動，我的雙腿踩出了深淺。我的生物組織們早就吐乾淨大陸，完全適應了液體節奏。大陸真是太小氣了，它容不得人類的半點旁涉，你不再吐乾淨大海，大陸就決意翻臉不認人。我倒了下去，趴在紅白相間的隔離杆上，一陣又一陣狂嘔。我嘔出了鮮嫩的海鮮，它們生猛難再，以汙物的姿態呈現自己。我看見零散的嘔吐物在水泥路面上艱難地蜿蜒，發出沖天臭氣，比拉出來還難聞。我不知道大陸為什麼要這樣。我的兩條腿空了，不會走路。我掙扎幾下，自己把自己撂倒了。我爬到路邊，在高層建築下的台階上和衣而臥。我的頭上是一盞高壓氖燈，我聞得見燈光的淡紫色腥氣。我閉上眼，汽車轟隆而過。我的背脊能感受到它們的震顫。大地冰涼，無情無義。我躺在夜的大馬路上，體驗到東方之都的冰涼溫度。我的眼淚滲出來，很小心很小心地往下淌。我仔細詳盡地體驗這種感覺，淚水就奔騰了，縱橫我的面頰，像我奶奶激動慌亂的指頭。

生活邊緣

生活這東西真是被人慣壞了，處處將就它，順著它，還能說得過去，一旦不如它的意，它翻臉就會不認人的，弄到後來只能是你的錯。

（一）

婚姻或仿婚姻往往由兩塊布拉開序幕，一張床單，一張窗簾。序幕拉開的時候小蘇正在鋪床。也可以這麼說，序幕拉開的時候夏末正往窗簾布上裝羊眼。反正是一回事。

小蘇跪在床上，她的十隻指頭一起用上了，又專心又耐心的樣子。她鋪得很慢，一舉一動都是新感受。才九月底，完全是草席的季節，但小蘇堅持要用床單。床單的顏色是純粹的海水藍。小蘇把這塊海藍色的紡織平面弄得平整熨帖，像晴朗海面的假想瞬間，在陽光普照下風靜浪止，小蘇和夏末站在床的這邊和那邊。他們隔海相望。家的感覺就這樣產生了。家的感覺不論你渴望多久，一旦降臨，總是猝不及防，感人至深，讓你站不穩。這時候一列火車從窗下駛過，他們的目光從二樓的窗口望出去，火車就在窗子底下，離他們十幾米遠，只隔了一道紅磚牆。小蘇在某一瞬間產生了錯覺，火車在她的凝望中靜止不動了，仍在旅途的是他們自己。他們租來的小閣樓在每一道列車窗口朝相反的方向風馳電掣。

火車過去後小樓裡安靜了。小蘇和夏末一起向四壁張望，沒有家具。但四塊牆壁具體而又實在，看在眼裡有一種被生活擁抱的真切感。夏末提著窗簾繞過床，擁過小蘇，讓她的兩只乳峰頂住自己的胸。小蘇吻過夏末的下巴，問：「這到底是戀愛還是婚姻？」夏末仰起臉，用下巴蹭小蘇的額，眨巴了幾下單眼皮，說：「非法同居。」

陽台上響起了腳步聲，聽上去是個糙漢。窗口伸進來一顆大腦袋，布滿鐵道沿途的灰色塵垢。這顆髒腦袋笑咪咪的，大聲說：「搬來啦？這麼快？」夏末走到門前，對房東扳道工招呼說：「耿師傅，到我們家坐坐？」夏末說「我們家」時故意回頭瞟小蘇，小蘇聽得很清楚，卻裝著聽不見。小蘇把短髮捋向腦後，順勢側過面龐，鼻尖上亮了一顆小亮點，是那種慌亂的幸福所產生的光。耿師傅放下鐵道扳手，接過夏末遞過來的紅梅牌香菸，拽一拽門框後頭的電燈開關線，關照說：「沒電錶，電隨你們用。」隨後退了兩步，擰開水槽上方的自來水龍頭，「水也儘管放。」耿師傅索性走到陽台西頭的小屋，夏末知道他過去示範馬桶水箱了，倚在門框上，點了根菸。水箱水和耿師傅的小便一同沖了下來。衛生間裡傳來說話聲：「這是廁所。」耿師傅說話時叼著菸，夏末聽得出來。他開始想像耿師傅雙手捂在下身瞇眼歪嘴的說話神態。「我這房子，一個月才一百塊，哪裡找？」耿師傅從衛生間裡出來，抖著身子往上提拉鎖。「——就是有火車，」耿師傅大聲說，「你反正夜裡要畫畫，也沒事。」夏末跟著他扯起大嗓門說：「我們喜歡火車。」耿師傅笑著說：「你這麼大聲做什麼？我聽得見。」

小蘇坐在床的內側，聽兩個男人說話。她接過夏末丟下的活，重新調整羊眼間距。小蘇對門口「噯」了一聲，夏末回過頭，小蘇瞥一眼南窗。夏末丟了菸，取過一張方凳，往鉛絲上掛窗簾。

一個孕婦正沿著水泥階梯拾級而上，手裡提著一只竹籃。她身後的樓梯口剛剛停下一輛手推車，是站台和月台上最常見的那種。玻璃上用紅漆寫著「包子」、「雞蛋」、「豆腐乾」。孕婦的身後跟著一個小丫頭，七八歲，活靈活現的樣子。手裡拿了半隻冷狗，兩片嘴唇被冷狗凍得紅紅的。夏末站在方凳上和中年孕婦隔窗對視，這個角度過於背離常態。孕婦仰著頭很客氣地笑。耿師傅高聲說：「他們過來了。」他走到窗下的樓梯口，從竹籃裡取出最後一只肉包，塞在嘴裡，嘟嘟噥噥地說：「怎麼賣這麼快？」耿師傅嘶著嘴側過頭來，對夏末說：「我老婆阿娟，那是我寶貝丫頭，小鈴鐺。」

夏末並沒有急於招呼。他和小蘇相互打量了一眼。視角差不多有七十度。完全適合於表達疑慮。他們無聲地望著小鈴鐺，無聲地盯著阿娟的腹部。阿娟剛爬完樓梯，站在窗子底下大口吸氣。耿師傅很開心地摸著小鈴鐺的腮，小鈴鐺的雙手撐在門框上，一對黑眼珠對著兩個生人伶牙俐齒。她咧開嘴，翹著兩顆小兔牙。小蘇說：「真是個美人胚子。」耿師傅笑著說：「也不能喊叔叔阿姨，是個啞巴。」

阿娟說：「以為你們明天來。還沒來得及給你們掃乾淨。」夏末和小蘇沒有回過神來，就會點著頭笑。他們一高一低地站著，目送阿娟和小鈴鐺走過門前。

小蘇嘔吐的感覺在這時憑空而來了。她毫無理由乾嘔了一聲。隨即捂上嘴，衝出了房間。她趴在水槽上，弓下腰一連乾嘔了好幾聲，只是嘔出來一些聲音，沒有實質性內容。夏末跳下來，衝上去拍她的後背。小蘇擰開水龍頭，掬水漱口，直起身只是笑，睫毛上沾了幾顆碎淚。「怎麼回事？」小蘇不好意思地說，「也沒吃什麼。」耿師傅和阿娟在門檻邊早就停住了，不聲不響回過來四條目光。小蘇和孕婦的目光剛碰上心裡就咯噔一下，立即用巴掌捂緊嘴巴，她的眼睛在巴掌上方交替著打量身左身右，又快又慌。幾雙眼前前後後全明白了。

（二）

夏末靠在床上，一晚上抽了一屋子菸。屋裡沒有開燈，但小蘇感覺到厚重的煙靄。這種呼吸感受和鐵軌兩側的視覺印象相吻合，灰濛濛地覆蓋著粉質塵垢。

小蘇躺在夏末的內側，腦袋塞在他的腋下。他的汗味聞起來有點焦躁。天很熱，床單沒有帶來海風，只有全棉紡織品的燠悶。熱這東西煩人，時間長了就往心裡去。夏末的右手放在小蘇腹部，指頭四處亂爬，無序、無聊、無奈，體現出未婚男子的糟糕時刻。糟糕的男人少不了這種時刻，女朋友眨巴著迷惘的雙眼彙報你的勞動成果。她「有了」；或者要過你的手，沒頭沒腦地摁到腹部，給你一雙汪汪淚眼，這裡頭有潛台詞，簡捷的三個字：「都是你」。夏末的左手放在小蘇腹部，夜的顏色和他的手感同等沉重。這是一個事故。夏末摸出來了，他們出了大事故。小蘇被夏末的指頭撫弄得難受起來，她用鼻頭蹭夏末的肋，小聲說：「別弄了。」

鐵軌上駛過來一趟列車，是客車。火車窗燈在夏末的臉上迅疾明滅。夏末靜然不動，只有臉上的燈光閃來跳去。有一陣小蘇都覺得他是個假人了。小蘇推了他一把，他沒動；又推了一回，夏末卻下了床去，悶悶地坐到北窗的畫架面前。畫布一片空白，除了紡織紋路一無所有。夏末用指頭試一試畫布的彈性。原計畫明天開始這張畫的，可小蘇的肚子就那麼放不住事。亂了套了。

小蘇走到夏末身後。她在走動的過程中碰翻了一只鋁鍋。小蘇站在原處，等那陣響過去。小蘇站到夏末的身後把手插到夏末的頭髮裡去，慢慢悠悠反反覆覆往後捋。小蘇蹲在夏末身邊，問：「想什麼了？」夏末沒有回答，過了好半天說：「錢。」小蘇說：「我出去做工，你畫畫，早就說好了的。」夏末的菸頭在黑暗中放出了猩紅色光芒，掙扎了一下，隨即疲軟下去，流露出男性脆弱與男性鬱悶。夏末說：「你現在這樣，還能做什麼？花錢的日子在後頭呢，說什麼我也要先掙幾個回來。」小蘇說：「要麼你先去做兩個月，掙了錢，再回來畫。」夏末說：「掙錢算什麼？我只是想掙得好看一點，好歹我是個藝術家。」

耿師傅給小鈴鐺洗完澡，替她敷過爽身粉，穿好衣服，再舉過頭頂飛了兩圈，隨後讓小鈴鐺降落在黃色拖鞋上。耿師傅拍拍女兒的屁股，大聲說：「小東西，天天要坐飛機，都慣得不成樣了。」阿娟沒有接話，把手伸到麵粉袋裡準備往外舀麵。耿師傅說：「你還想幹什麼？沒幾天你就要生了。」阿娟掛著眼皮只當聽不見。耿師傅走上去摁住阿娟的手，阿娟的手在口袋裡掙扎了一下，說：「家裡還有二斤多肉餡呢。」耿師傅說：「做幾個四喜丸子，吃掉不就完了？」阿娟坐下來說：「我就怕一個人呆在家裡，一閒下來我就亂想，好不容易又申請了一胎，我就怕再給你生下個啞巴來。」耿師傅說：「你瞎說什麼，我都聽到兒子在肚子裡喊爸爸了。」阿娟坐到床沿，是那種半坐半靠的坐法，有點像京戲裡的判官。阿娟對小鈴鐺招了招手，把她叫到面前來，給她梳頭。阿娟說：「要不是她啞巴，我們還生不了這個兒子呢。她總算給我們帶了這麼一點福氣。」耿師傅把洗澡水倒出去，擦完手從碗櫥裡端出一摞子碗來。碗與碗的碰撞發出極其日常的煙火聲響，耿師傅接過剛才的話茬說：「小鈴鐺也大了，正好幫著帶帶小弟弟。」阿娟的手停在小鈴鐺的頭上說：「算了，都給我們慣成這樣，還指望她什麼？我可不指望他們這一代。」正說著話隔壁傳來一陣聲響，一只搪瓷缽掉在了地上，隨後又掉下來一只鍋鏟。小蘇的聲音隨即傳了過來。小蘇說：「燙著了沒有？」過了一刻才傳出夏末的話，夏末說：「還好。」小蘇說：「你把油倒上，還是我來吧，讓你炒青菜，一個屋子都攤開了。」耿師傅和阿娟看了一眼，剛要說什麼，突然聽到小蘇又一陣猛烈的乾嘔，小蘇慌亂的說話聲從捂著的巴掌後面傳了出來，小蘇說：「快，快，快把油倒掉，我一聞油味就要吐。」耿師傅的抹布還捏在手上，拔腿就要過去。阿娟「噯」了一聲，給耿師傅一個眼神。隔壁響起來一陣更加忙亂的瓢盆聲。「媽的，」夏末拖聲拖氣地抱怨說，「媽的，怎麼弄的。」

（三）

小蘇睡得不好，一整夜火車在她的腦子裡跑，從左耳開向右耳，再從右耳開向左耳。到了天亮時小蘇反而睡著了，好像做了一個夢，綽綽約約的只是亂，飄了滿世界的灰色粉末。小蘇在夢中把手伸到夏末的那邊去，空的。小蘇睜開眼，窗簾的背後全是陽光，夢也追憶不起來了。夏末的枕邊留了一張紙條，上頭有夏末的鉛筆筆跡：我去奧普公司。小蘇拿起這張便條，正正反反看了又看，最後把目光歸結到自己的腹部。生活這東西真是被人慣壞了，處處將就它，順著它，還能說得過去，一旦不如它的意，它翻臉就會不認人的，弄到後來只能是你的錯。

小蘇打開門，拉開窗簾，天上地下陽光燦爛，遠處的鐵軌上炎熱在晃動。鐵軌錯綜交岔，預示了方向的無限可能。世界躲在鐵軌組合的隨意性後面，只給你留下無所適從。

小蘇拿了牙具毛巾到陽台上洗漱，阿娟沒有出去，坐在高凳子上手把手教小鈴鐺織毛線。小鈴鐺依在阿娟懷裡，織一件粉色開司米嬰用上衣。阿娟岔著兩條腿，下巴貼在小鈴鐺的肥部，輕聲說：「挖一針，挑一針；再挖一針，再挑一針。」阿娟抬頭看見小蘇，客客氣氣地招呼說：「起來啦？」小蘇正刷牙，不好意思開口說話，只是抿著嘴笑著點頭。小蘇在刷牙的過程中靜然凝視母女共織的畫面，在某個瞬間居然產生了結婚這個念頭，她要把孩子生下來。但這個柔軟溫馨的衝動只持續了一秒鐘，立即被小蘇中止了，隨牙膏泡沫一同嘔吐出去，流向暗處，不知所終了。

小蘇洗完臉和阿娟客套了幾句，話題很自然地扯到小鈴鐺身上去了。但這也不是一個容易的話題。小鈴鐺知道她們在說自己，望著小蘇只是笑，小蘇沒話找話說：「你女兒真文靜。」阿娟笑起來，說：「文靜什麼？現在哪裡還有文靜的孩子，發起脾氣來嚇死人。」小蘇陪著笑了兩聲，不知道該說什麼了。阿娟卻找到了話題，阿娟說：「你男人是畫畫的吧？」小蘇聽不慣「你男人」這樣的話，趕忙解釋說：「是我男朋友。」小蘇這話一脫口就後悔了。生活這東西經不住解釋，越解釋漏洞越多。阿娟似乎意外證實了某種預感，眼神裡頭複雜了，拖了聲音說：「噢——」

夏末到家時襯衫貼在了後背上，透明了，看得見肉。他放下西瓜，一言不發，臉色像鐵路沿線的屋頂。夏末坐在床邊，看見上午自己留下的便條。他掏出菸，叼上一根。夏末的點菸像是給自己做遊戲，先用打火機點上紙條，再用紙條燃上火柴，最後用火柴點菸。他今天抽的不是紅梅，是三五。硬盒裡頭還剩了兩根。抽了一半夏末才抬起頭，哪裡也不看，嘴裡說：「我給你買了只瓜。」煙霧向四處彌散，成了沉默的某種動態。

在這段沉默裡小蘇站在一邊，十隻指頭叉在一處，靜放在腹部。鐵路上開過去一趟貨車，車廂裡裝滿了煤。煤塊反光在九月的太陽光下鋥亮雪白，銳利刺眼。小蘇瞇起眼睛，火車的高速把煤的反光拉長了，風風火火，雜亂無章。

（四）

第二天一早小蘇推醒了夏末。夏末的眼睛睜得很澀。夏末注意到小蘇用心打扮過了，頭髮齊齊整整歸攏在腦後，紮成了馬尾，甚至眼影與口紅也抹上了。夏末用肘部支起上身，瞇著眼問：「幹嘛？你這是幹嘛？」小蘇穿著裙子，正往牛仔包裡塞仿Fun牌牛仔褲。小蘇說：「出去。」

「哪兒？」

「醫院。」

「上醫院幹嘛？」

「你說幹嘛？」

「總要先查一查，」夏末掀開毛巾被，大著嗓子說，「還沒到時候呢！」

小蘇瞥一眼夏末的褲子，被兜裡一張低面值紙幣正翹著一隻爛角。「歇一天是一天，」小蘇說，「還是早點做了好。」

夏末低著頭不語，拿眼睛四處找菸，只在地上找到幾只過濾嘴。「我給我爸去封信，」夏末說，「先叫他寄點錢來。」

小蘇坐到夏末身邊，拿過他的手捂在腹部，說：「你已經是做爸爸的人了。」

夏末把小蘇送到蘋果色甬道口。小個子護士的下巴傲岸威嚴，它擋住夏末，示意他看牆拐角的字條。字條是從複印機裡吐出來的，印了四個電腦魏碑：男賓止步！魏碑的撇捺很硬，和小護士的下巴一樣來不得還價。夏末止住腳，小蘇的指頭從他的掌心一根一根滑走。小蘇轉身的過程中眼睛裡是那種無助眼神。夏末看見了她的害怕。

小蘇的身影剛剛消失夏末就掏出了香菸。點上之後夏末猛吸了一大口。身後有人拍了他一巴掌。是一個中年婦女。婦女說：「熄掉。兩塊。」

小蘇看不見醫生與護士的臉。它們深藏在巨大的白色口罩後面。所有的器皿與工具都是不鏽鋼質地的，籠罩了白亮的光，散出一股化學液體的氣味，甚至醫生與護士的眼珠也都是不鏽鋼的，籠罩了白亮的光，散發出化學液體的氣味。小蘇的自信心在婦科醫生面前漂浮在了水面，失去了原有的根本與穩固。她站在躺椅旁有點手足無措，不敢貿然動作。靜止不動是唯一正確可行的姿態。她望著那些不鏽鋼器皿與工具，聽見它們撞擊，聲音清冽冰涼，充滿了理性精神與孤傲氣質。

醫生的工作是絕對程式化的。她們瞭然自己的程式。她們認定到這裡的女人同樣瞭然她們的程式。醫生看了看小蘇的腰，用目光掀她的裙子。小蘇猶豫了片刻，醫生的目光硬了。小蘇依照醫生的命令做了，順她的眼神坐到躺椅上。護士端著盤子過來，小蘇看見盤子裡放著消毒藥水與消毒棉花。醫生的眼珠左右各瞟了一回，小蘇很聽話地岔開腿，分別蹺在了踩腳凳上。另一個護士端上了另一只盤子。醫生伸手取了一支金屬夾，又大又亮，形狀古怪。小蘇的身體一下就收緊了。醫生拍一拍她大腿的內側，小蘇再一次放鬆了自己。她感覺到了不鏽鋼的冰涼，感覺到了不鏽鋼的孤傲氣質。小蘇側過頭，咬緊了下唇。那種陰冷堅硬的感覺爬進了她的肉體深處，在她肉體深處的某個地方向右邊劃了半個圓弧，再向左邊劃了半個圓弧。小蘇猛然張大了嘴巴，沒有出聲。銳利的疼痛在她的身體內部發出嗖嗖冷光。小蘇不知道自己有沒有暈厥，這是她唯一不能確定的事。護士給她送過來一樣東西，杯口散著熱氣。小蘇不知道是什麼藥，喘著氣全喝了下去。喝完後她才明白過來，是紅糖水。小蘇給自己擦換過，從包裡抽出仿Fun牌牛仔褲，慢慢套了上去。小蘇走了兩步，沒找到體重。整個身體和自信心一起往上漂浮。

小蘇一個人走回甬道。她想扶住牆。迎面上來一個女孩，像個女高中生。小蘇和女高中生打了個照面，女高中生的眼神像一隻被捉住的小野兔。小蘇決定做一回榜樣。捋捋頭髮，挺起胸，弄出若無其事的樣子。她做得似乎過了，一臉的含英咀華。小蘇邁開步伐，盡量走得沉穩些，但地面不肯配合，整個城市都在往下陷，道路與腳掌之間多了一段距離，多了一層虛。

一拐角竟是漫天大雨。窗外盡是粗粗的雨絲。夏末正站在屋簷下面，對著簷雨失神。小蘇走到他的身邊，夏末居然沒能收過神來。小蘇沒有停步，賭著氣往雨中去。夏末的眼睛跟著小蘇走出去四五步才聚光了。夏末慌忙脫下襯衫衝進雨中，在小蘇的頭頂充當一把雨傘。小蘇的委屈和惱羞成怒在胸中無聲翻湧。淚水往上衝，堵在眼眶裡漂。她不肯停步，虛虛弱弱往大門口踉蹌。夏末光著背脊淋在雨中，一路小跑一路小聲呼喚：「小蘇，小蘇。」小蘇走不動了，站在襯衫底下大口喘息，夏末的光背脊被她的眼淚弄得恍惚浮動。「狗東西，狗東西！」小蘇突然尖聲吼道，她用盡全力一巴掌抽在夏末的肉上，雨中響起了一聲脆亮的巴掌聲。「誰讓你這樣了？」她大聲說。夏末的胸口堵得酸，一點一點往下碎，他一把抱住小蘇，緊捂在胸前。小蘇的雙腿一起軟了，淚水噴湧出來。她拽住夏末的臂膀，傷心無比地說：「誰讓你這樣了？」

夏末推開家門，屋裡泛了一地的水。北窗沒有關，擱在牆角的書全被雨水淹死了，屍體皺巴巴地腫脹開來。要命的是那塊畫布，淋透了，和小蘇一樣剛做完人流，軟沓沓地露出了極度疲態。夏末把小蘇扶上床。小蘇躺在床上，睜大一雙眼睛四處張望。她的眼睛只有零攝氏度，看到哪裡哪裡就泛起一陣冰光。夏末站在畫布面前，一種極不具體的憤怒在胸口上去下來。夏末忍了好半天，找不到發洩的藉口。他以一聲長嘆給這次憤怒做了最後總結。夏末插上電熱茶杯的插頭，又把小蘇的穢衣泡在綠塑料桶裡，然後拿起拖把吸地上的水。夏末這麼一忙碌屋子裡又亂散了。生活中的每一樣必需品都顯得多餘，他的手腳和這些生活必需品很快呈現出矛盾局面，不是它們擋住夏末，就是夏末打翻它們。小蘇無力地說：「別弄了，你畫吧。」夏末立住腳，只是對著畫布發楞。夏末無奈地又嘆一口氣，小蘇輕聲說：「你怎麼老是嘆氣，我怎麼對不起你了？」夏末停了好幾秒鐘，最後說：「我給你買點滋補品來。」小蘇說：「算了，我們還剩幾個錢？——我躺兩天就好了。」夏末點了根菸，突然歪著嘴笑了。「我們處在社會主義初級階段，」夏末說，「我們堅持了社會主義。」第二天一早夏末就出去了。小蘇躺在床上，身上的所有關節都有點涼。窗簾背面的陽光很有力，但小蘇覺得自己的身體離夏季已經遠去了，早早立了秋。小蘇望著窗簾，這塊窗簾對小蘇來說意義重大，是她六月二十八日那天買的，離畢業還有兩天。那天有極好的太陽，小蘇一個人來到華聯商廈的三樓，看中了這塊布。布上是大塊椰樹葉，滿眼太平洋熱帶海岸風光，奔放、熱烈、自由、開闊。七月一日是她大學畢業的日子，她即將回到千里之外的故鄉日城了。寢室裡只留下七張空床。小蘇最後一次守在自己的寢室內，炎熱膨脹了這個焦慮時刻。有一種酸楚，有一種悵惘，有一種緊張，概括起來說，介乎失落與甜蜜之間，有一種蠢蠢欲動悄然滋生、蔓延了。她取出這塊布，用熱太平洋的奔放風光做成了一道窗簾。窗簾是絕對私生活的開始，是生活由籠統的社會化向個性隱秘的無聲過渡，是所有少女邁向女人的人之初。午後三點鐘，夏末敲門了。小蘇赤腳走向門口，打開一道縫隙。窗簾罩了夏末。夏末的目光在熱太平洋的瑰麗空間天高飛鳥海闊躍魚。夏末反掩上門，手背在身後，拉上了插銷。「放棄分配，好不好？」小蘇輕聲說。「我們留在這個城市，好不好？」夏末的眼前就看見碧藍的海面捲過來雪白長浪。他開始衝浪，他的身體弓在穹形浪捲之間，在平衡中滑向失重。夏末點了點頭。他草率地、莽撞地、英雄氣盛地點下頭。青春男人的草莽與率直充滿了男性魅力，充滿了新概念英雄。他抱緊了她，衝動了。他們的衝動相互渲染相互激勵，夏末在小蘇腹部的弧線上感受到自身的力度與氣魄。他們合在了一起。二十二歲加二十二歲還是二十二歲。他們僅僅以這樣一則理由留在了這座城市。自在的活法往往來自於一次簡單衝動，這是來自於身體的大思想。

阿娟在中午推門進來了。阿娟在這個時候進來小蘇有些意外。阿娟給小蘇的印象不像是多事的樣子。阿娟端了一只小砂鍋，身後跟著小鈴鐺。阿娟的腳腫得厲害，套著耿師傅的塑膠拖鞋，小半個後跟還留在外頭。她的肚子又尖又凸，露肩套裙全撐開來了，在乳房和腹部之間空洞了一大塊。小蘇撐起上身，阿娟放下砂鍋立即把她摀住了。阿娟說：「給你熬了碗雞湯。」小蘇故作不解地笑笑說：「你給我熬雞湯做什麼？我昨天淋了雨，只是感冒了。」阿娟摸摸小鈴鐺的頭，接了話茬說：「就是不感冒，喝了總是沒壞處。」

（五）

大街上布滿九月陽光。高層建築都是新的，在陽光底下精力充沛，傲然自負。街上的每一張面孔都顯得營養豐富，每一個人彷彿都有來頭，目空一切，財大氣粗。

夏末走在大街上。他用那雙渴眼四處打量招聘廣告。招聘廣告極多，反反覆覆就是女招待和男會計。城市就是這樣一條街，一邊站滿女招待，一邊佇立男會計。招待與會計構成了現代都市的花枝招展與理性秩序。一邊是溫柔鄉，一邊是富貴場。招待與會計的身影一路排列下去，拉出了都市的透視效果，用最時髦的傳媒話語概括起來說，拉出了都市「風景線」。他們的身影儀態萬方，瀟灑體面。他們就是今日城市，他們的一顰一笑舉手投足處處顯示出今日城市的泡沫繽紛。無主題、無承載、款式不限、隨意自如，他們的身影迎來滿堂喝采與掌聲，是一台綜藝。

直到下午四點夏末都沒有找到頭緒。他走上天橋。他站在這個城市的中心。一時想不起這個城市到底在哪兒了。

夏末站在天橋，憑空想起了小蘇對他說過的話，是在手術之後坐上馬自達對他說過的話：她空了。夏末站在天橋上，望著九月的城市畫面，四處生機勃勃，只有他夏末一個人「空了」。只要有人給他一巴掌，他立即就會變成一張二維招貼廣告畫，貼在馬路的拐角，對物質世界只重複一句話：「用了都說好。」

瑪格麗特酒店裝潢一新。夏末遊蕩在酒家門口，看見自己成了酒家鏡面牆壁中的孤魂。文明世界處處是反光，處處有一種包孕一切的豁達與明亮。夏末迎著鏡子過去，卻看見鏡子把他一點一點往外推，又禮貌又寧靜。鏡子是當代都市中最偉大的世俗哲學家，它的世界觀與方法論無不體現出無中生有這一精神實質：

做所有的承諾，不負任何責任。用鏡子裝潢建築構成了我們這個時代的特徵。說到底這依然是會計的方式，鏡子使我們的世界遼闊起來，而我們的空間依然是被2整除的商。

夏末走到一張木板廣告牌旁。廣告牌很精緻，瑪格麗特酒店「誠聘會計兩名，女招待若干」。夏末一看會計兩個字一股暴怒破空而來，不可遏止了。終於找到藉口了！夏末一腳就把廣告牌踢飛了。夏末對著大街放聲吼道：「除了會計你們還要什麼？你們要這麼多會計做什麼？」

夏末的歇斯底里沒有引起社會性關注。大街上每一個人都有自己的去處。人們無暇旁涉，關注夏末的是酒店的兩個保安。出於職責與自衛，他們的威嚴身影移向了夏末。他們的制服很挺，鐵青色，舉手投足森然肅殺。

夏末被帶上了二樓。空調很好，色彩是那種巴結人的調子。羊皮沙發軟得討喜，處處讓著客人。真是個好地方，夏末沒錢，不也進來了？

進來了一個小夥子，和夏末差不多歲數，乾乾淨淨，很體面很精明的樣子。小夥子矮夏末半個頭，但他的目光在任何一個高度都能夠居高臨下。他的雙手插在褲子的兜裡頭。他走到夏末的面前，慢騰騰地說：「為什麼砸我東西？」

夏末沒有開口。他從口袋裡掏出所有碎錢，堆在小夥子面前。

小夥子說：「不夠。」

夏末說：「我就這麼多。」

小夥子說：「你有衣服。」

夏末瞪著他，扒了上衣扔過去。

小夥子說：「不夠。」

夏末把自己全扒了，包括兩隻臭襪子。只給自己留下一條足球褲。

小夥子說：「我猜得出你是什麼人，我知道你想說什麼——你什麼也別說。你不是憤世嫉俗，只是窮，你們對世界的態度只有一個：批判。別人用雙肩挑著你們，你們指出人不應駝背，這就是你們他媽的藝術家。」小夥子從西服口袋裡掏出錢包，用中指和食指夾出一張老人頭，對夏末說：「去叫輛出租車。」

夏末站著不動，古怪地笑起來。夏末說：「是生活迫使藝術家赤裸裸地面對這個世界。」

小夥子跟著夏末笑，說：「這話聽起來有意思。值兩百塊。」

夏末把指頭伸到小夥子的錢包裡去，抽出兩張。夏末望著兩張新票子，掂了掂，自語說：「掙錢原來很容易，就是說空話。」

（六）

夏末赤條條地從出租車裡鑽出來，樣子很滑稽。耿師傅扛著鐵道扳手，一眼看見夏末，夏末的手裡捏了一把碎錢，步子邁得器宇軒昂。耿師傅「喂」了一聲，厲聲說：「和誰打了？」夏末笑笑，卻不答。耿師傅放下扳手拉下臉來，「告訴我，我去找他！」夏末揚了揚手裡的錢，高聲說：「我贏了。」

夏末推開門，小鈴鐺正跪在小蘇的床沿摺紙飛機。她聽不見開門聲，摺得正認真。小鈴鐺的紙飛機在小蘇的床上排了整整一排。小鈴鐺抬起頭來，看見小蘇的眼睛直楞楞地盯著門，眼眶裡突然飄了一層淚，一點一點變厚。小鈴鐺回過頭，夏末握著錢倚在門檻上和小蘇默然對視。小鈴鐺站起身從夏末的身邊悄悄退出去，看見爸爸用很猛的動作向她招手。

夏末走到小蘇身邊，只打量片刻，兩個人就無聲地吻了。這是一個傷心的吻，疲憊而又悠長。小蘇的指頭在夏末的後背上盲目爬動，像找不到地方結繭的秋蠶。小蘇貼緊夏末，夏末感覺到她的身體發生了巨大變化。她的乳房失去了韌性與彈力，綿綿軟軟在他的胸前往後退。夏末聞到小蘇的身上散發出淡淡的奶腥。這股氣味縈繞在九月黃昏，使夕陽的繽紛越發妖艷，越發無助。夏末被這股奶腥籠罩了，他輕聲呼喚小蘇的名字。自尊在病態洶湧。夏末跪在床上，抱緊小蘇，小蘇仰起來張大了嘴巴，吃力地大口喘息。兩列火車正在窗下交岔，車輪聲紛亂了，它們交岔的過程中大地疾速顫動。火車失之交臂，它們朝各自的方向呼嘯而去，聲音往兩邊的遠方消逝，在人類的聽覺中拉開了世界的無垠空間。黃昏在鐵軌的反光中降臨了，鐵軌靜臥在城市邊緣，鐵軌同樣靜臥在生活邊緣。這個世界上只有它們了解世界的來龍去脈。但它們不語，恪守金屬品格。

小蘇在這段無聊的日子中和啞女小鈴鐺成了朋友。小蘇從阿娟那裡學來了兩個手語單詞：你好。再見。把食指指出去：你；豎起大拇指：好；擺擺手：再見。小蘇決定教會小鈴鐺「說」出這兩個詞：你好。再見。

但小鈴鐺拒絕任何發音。她只是笑。小蘇給小鈴鐺洗過手，拿了一張小凳坐在陽台上。小鈴鐺站在她的兩腿之間，小蘇把小鈴鐺的左手中指塞進自己的口腔，擺在自己的舌尖上，讓她的另一隻巴掌捂在自己的腹部。小蘇說：「你好。」小蘇說：「再見。」小蘇反覆說這兩個詞，示範了一遍又一遍。小蘇企圖讓她的手摸出一樣東西，讓她的手感建立起氣息與舌位相對於發音的關係。

你好。再見。小鈴鐺望著小蘇的嘴唇，躍躍欲試。她的黑眼睛不停地打量四周，對自己的躍躍欲試又防範又好奇。

阿娟的產期提前了四天。大約是在凌晨兩點，阿娟的叫聲在夜裡睜開了綠眼。她的叫聲聽上去不像人了。女人在生孩子的過程中其實就是母獸。夏末和小蘇一起被驚醒了。小蘇說：「要不你去一下。」夏末的眼睛一直沒睜開，他連續失眠了好幾夜，今天剛剛睡進去。夏末閉著眼睛說：「我就去。」小蘇用腳尖捅了捅，說：「你快點呀，什麼時候，這麼面。」夏末下了床，摸到褲子，套上去，提拉鎖的時候夏末睜開眼睛，眼裡像揉了一把沙。

門已經開了，阿娟正被耿師傅架住往外挪。耿師傅急了，一時想不起夏末的姓名，滿嘴滿牙地「畫家」。阿娟的身體比預料的還要沉。她的胳膊被架住了，兩隻手卻扶住腹部。阿娟挪出門檻之後換了一個叫法，她扶住腹部直著眼睛尖聲叫道：「兒——兒——」

阿娟的兒和他的父親一樣性急。阿娟躺在產床上不出一個小時，他自己就走出來了。他走完這個過程只用了十六分鐘。他拒絕了醫療手段，甚至拒絕了醫生與護士的幫助，帶著一身胎脂和血水一個人慢悠悠走出了母體。他的樣子只比夏末鑽出紅色夏利車少了一條足球褲。小護士興奮地說：「怎麼這麼順？怎麼回事？這麼順！」老護士一手托住小東西的頭，一手托住他的腰，很不在乎地說：「那時候我們不都那麼順！現在的女人，孩子都不會生了！」

小護士給耿師傅送去了他兒子的消息。當父親的在這種時候少不了一些忘我舉動。說不出話或大淚滂沱都是常有的。但耿師傅讓小護士吃了一大驚。他讓小護士一連說了三遍「兒子」。耿師傅聽完護士的話再不吱聲了，他跪在了水磨石地面上，在胸前握著兩隻大拳頭，仰著頭，大聲喊道：「蒼天有眼，蒼天有眼哪！」

小蘇終於見到小鈴鐺的壞脾氣了。小鈴鐺一早醒來就沒有見到家人，往常可不是這樣的。經常小鈴鐺一覺醒來首先是拍床，這是一個儀式。拍床之後過來的肯定是爸爸，爸爸給她穿衣，然後她坐在床邊，爸爸再給她套鞋。洗漱和早飯都是媽媽操辦的。這一切都完成了，小鈴鐺的一天才算開始。這麼多年都習慣了，成了程式，成了愛與被愛的共同組合。小鈴鐺一生下來就是啞巴，負疚也就成了父愛與母愛的中心。小鈴鐺成了他們的傷心話題，耿師傅一次又一次對人說：「恨不得替她活了這輩子。」除了活著，他們替小鈴鐺做了一切。

小鈴鐺醒覺後拍過床，她沒有見到父親，甚至沒有見到母親。小鈴鐺光著腳站在門前，火車在她的面前搖搖晃晃，來來去去。他們今天竟敢不愛她了！她一定要等回她的爸爸，一定要等回她的媽媽。她一定要等到他們拿著冷狗來認錯才肯張口吃飯的。哼！

耿師傅中午從醫院帶來六個字。他在窗口對夏末小蘇大聲叫道：「兒子，兒子，兒子！」夏末和小蘇一起走到窗口來恭喜。耿師傅高興得沒樣子了，笑得一臉是牙齒。誰也沒有料到小鈴鐺在這樣的時候咬了出來。她像一條狗，撲上來伴隨了很古怪的叫聲。小鈴鐺的叫聲很古怪，一口就咬住了耿師傅的褲管，拉得老長，像一只弓。耿師傅把小鈴鐺抱起來，不停地說：「你有弟弟啦，你可是有弟弟啦！」小鈴鐺的兩隻手在耿師傅的臉上不停地抽打，滿嘴大呼小叫。耿師傅笑著側過臉，對夏末說：「現在的孩子，不成人了。」

耿師傅把小鈴鐺抱回床上去，然後躲在門口。父女兩個重新上演今天的開始儀式。小鈴鐺拍過床，耿師傅慌忙從門後頭衝出來，跑上去把小鈴鐺親了又親。耿師傅抱起女兒，給她換上衣服，輕輕拍拍小鈴鐺的屁股，說：「小乖乖，明天可不許這樣了，你有弟弟了；小乖乖，明天開始再也不能這樣了。」

小蘇聽著隔壁的動靜，說：「小東西還真是有脾氣。」夏末點了根菸，不以為然地說：「都這樣，現在的孩子全都這樣，我們的要生下來也這樣。」

小蘇用指頭挖挖耳朵，笑著若有所思地說：「都這樣了。」

（七）

電梯停靠在二十七樓。停靠時小蘇一陣眩暈。這是身體沒有復原的徵候。小蘇在電梯的鏡子裡打量過自己，渾身上下都有點鬆。小蘇出門之前花兩個小時精心修飾過自己，色彩的配備都動用了夏末。小蘇盡量使自己充滿彈性，舉手投足處處見得青草氣息。但她的目光不景氣，收不緊，顯得綿軟無力，所到之處休休閒閒。

小蘇的包裡塞了前天的晚報。走進底樓的大廳時她的自信心其實就跑掉了。小蘇挺了挺胸，感覺上不到位。電梯把小蘇送到二十七樓，地毯是米色的，來來去去都是一些漂亮姑娘。小蘇猜得出她們都是來和自己搶飯碗的敵人。小蘇在二十七樓的過道裡向右走到盡頭，拐了個彎，一眼就看見晚報廣告上的門牌號碼。小蘇望著這排鎦金的四位數，胸口一陣跳。小蘇敲開門，迎上來一位漂亮的女招待。小姐說：「應聘嗎？」小蘇點過頭。小姐伸出左手指向牆邊的沙發，她的微笑和舉手投足都是禮儀，像印刷體鉛字，規整、文雅，夾了點權威。小蘇在入座之前看一眼窗外。城市在腳底下。城市被俯視時越發體現出濃郁的都市氣質。這種氣質使每一位靠近它的人備感孤寂。

汪老闆坐在很大的醬色辦公桌後頭，看上去不滿四十歲，一臉平靜的傲。他的頭髮和白衣袖給小蘇印象極深，是一個考究起來無微不至的男人。這種考究不是臨時修飾的，看得出是日常狀態。小蘇堅信再往前走兩步會聞到男士香水的氣味的。

小蘇回答了十幾個問題。都是預料之中的提問，小蘇尚未復原的身體在這個緊要關頭慢慢地累下去，持不住，目光像暮色那樣蒼茫了。小蘇注意到汪老闆已經不再問她什麼，只是望著她。他把玩著黑桿圓珠筆，後來說：「你不適合這份工作。」臉上沒有任何表情。

小蘇沒有立即轉身。腦子裡只是空，只是傷心與不甘。再讓她歇四五天她小蘇完全可以爭取到這份工作的，但小蘇沒有把這話說出來。她就把失望和希望全放在眼睛裡頭，和暮色一起衝著汪老闆蒼茫過去。

「我每天在五點半至六點半之間下班，」汪老闆很慢地說，「我很希望回家的時候家像個家。我一直想找一個鐘點工，就一小時。」

「我受過高等教育，英語六級，能熟練地……」

「你已經說過了。這只是個價格問題。」

「你有老婆孩子嗎？」

「你應當說妻子和孩子。」

「你有妻子和孩子嗎？」

「有。」

汪老闆的居室相當大，花了大價錢修飾過的那種，有一種豪華卻又簡潔的局面，是單身男人的居住風格。客廳裡有幾張特大的真皮沙發，黑色籠罩了百葉窗的明暗分布。屋裡乾乾淨淨，空空蕩蕩，看不出有人開飯的跡象。這樣的屋子住一百年也不需要拾掇的。小蘇有些緊張地問：「我花一個小時在這兒做什麼？」汪老闆背著身子說：「你可以看看晚報。」小蘇說：「你說過你有妻子孩子的。」汪老闆站在百葉窗前，神情冷漠，手裡撥弄一片窗葉，望著窗外的天。汪老闆說：「我結過三次婚。」小蘇極不放心地望著汪老闆，他的眉毛很淡，又細又軟。這個發現得益於窗外的黃昏光線。小蘇的印象中這樣的眉毛通常屬於那一種男人：孤寂，多疑，憂鬱，滿腦子雲山霧罩。「你到底要我做什麼？」小蘇說。汪老闆不說話，他坐進沙發裡頭，兩隻手捂在臉上，只留了額頭和兩隻眼。汪老闆說：「我只要你在這兒。」汪老闆抹了一把臉慢悠悠地說：「我希望每天回家時家裡有個人。我可以按廣告上的價格給你工錢。」這是一個好價錢，小蘇沒有勇氣拒絕這個價。「我安全嗎？」小蘇問。汪老闆的眼睛無力地望著小蘇，好半天才說：「我是你們系『文革』之後的第一個博士。」小蘇疲憊地笑起來，開心地說：「我們是老校友？」汪老闆沒有表情地說：「我只是你老闆。」小蘇爬上二樓，迎面開過來一列火車。小蘇用一隻手扶住牆，大口喘息。小蘇望著火車，在某一個瞬間她又一次產生了錯覺。小蘇覺得站在這裡喘息的不是自己，而是阿娟。自己正腆著大肚從車站賣肉包子回來。生活這東西有意思，你游移在所有的日子裡，而本質部分時常會選擇某一個錯覺，描畫出生活的真實狀態。小蘇其實真的就是阿娟。少女有千萬種，而女人歷來就只有一個。

小蘇進門時夏末回過頭來仔細研究她。夏末走到小蘇的對面，擁住她，讓她的乳峰頂著自己的胸。夏末用眼睛問她：你成功了？小蘇點了點頭。夏末用眼睛繼續問：真的？小蘇開口了，小蘇把下巴擱在夏末的肩上，說：「明天就上班了。」夏末抱起小蘇，在原地轉了一個圈。夏末大聲說：「我早就說過，這世界將來是女性的，女將出馬，殺遍天下！」小蘇被夏末轉得頭暈，一屁股坐到床上。夏末說：「讓你做什麼？」小蘇沒有立即開口，卻把手捂在了額前。小蘇說：「廣告上不是都說了，起草文件，信函往來。」小蘇做了個打字的手勢，笑著說：「一年下來我起碼是個作家。」夏末仰在床上，兩隻胳膊岔得很開，像隻蜻蜓。夏末嘆了口氣，說：「你再找不到工作，我都準備去賣淫了。」小蘇拿眼睛罵他，說：「這年頭找工作難什麼？只是不容易合自己的意罷了。」夏末摸著小蘇的臀部，問：「你呢，這工作合不合你的意？」小蘇說：「怎麼不合我的意，過兩年我就是白領麗人了。」夏末懶懶地說：「過兩年我都是大畫家了，白領麗人算個屁！——慶賀一下，我去買鹽水鴨！」

小鈴鐺從門縫裡擠進來，只露了一張臉。小鈴鐺的臉上有一層茫然寂寞，是那種對某種突發事件猝不及防的茫然寂寞。小蘇半躺在床上，無力地招招手。小鈴鐺走到小蘇面前，內心積了許多疑問，想說話，只動了兩下嘴唇，就安靜了。小蘇的手撫在小鈴鐺的腮上，知道她的心思。小蘇說：「我教你說話，好不好？」小鈴鐺望著小蘇的嘴唇，它們無序而又無意義地亂動。小蘇要過小鈴鐺的手，摁在腹部，說：「說話，好不好？」小蘇把下巴伸出來，字頭字尾都咬得結實，打著手勢說：「你——好。」小鈴鐺毫無表情地望著小蘇，對這兩個字似乎沒興趣。小蘇說：「那我們說『再見』？」小蘇張大了嘴巴，大聲說：「再——見。」

小鈴鐺唇部的蠕動表明了她的說話欲望。她的嘴巴張得很大，卻沒有任何聲音。小蘇摸著她的喉嚨，示意她放鬆。小鈴鐺向四周看了一眼，小狗那樣大叫了兩聲。這樣的尖叫讓小蘇傷心絕望。但小蘇用微笑表揚了她，給她鼓掌。小鈴鐺的手一直摁在小蘇的腹部，她的手掌感受到小蘇的說話的氣息。她叫了兩聲。她的發音至少在節奏上是正確的。

小蘇洗好手，用指頭拽緊小鈴鐺的舌尖。小蘇說：「再見。」小鈴鐺的發音不能表達任何內容，但節奏和聲調有了個大概。她發不好那個音，她只能知道那個音的意思，是再見。

為了使謊言自圓其說，小蘇不得不把自己的「秘書」工作拉長四個小時。也就是說，小蘇不得不在每天下午一點半上班。即使是這樣，在時間問題上依然有漏洞。這個漏洞成了未來生活的隱患。小蘇嘗到了謊言的厲害。她每天得用四個小時去忍受四個小時。生活一旦需要謊言，謊言自然而然就構成了生活本質。

小蘇逛完兩條街，一想起將來編不完的謊言，腳底下又累了。小蘇不敢逛街了。萬一碰上什麼人又是一通瞎話。過得好好的，一不小心倒成了賊了。

下午兩點鐘小蘇打開了汪老闆的家門。「辦公室」的鑰匙很漂亮。質地堅硬冷漠。不鏽鋼的。小蘇不喜歡不鏽鋼，不鏽鋼的觸覺使世界充滿了醫療性質。小蘇把不鏽鋼鑰匙插進鎖孔，輕輕一個轉動，這個轉動喚起了小蘇內心深處最糟糕的時刻。不鏽鋼在深處的轉動給小蘇留下了永恆驚恐。

屋子裡又暗又涼。豪華居室向小蘇打開了一個冷漠空間。推門的剎那小蘇想起了汪老闆。這個冷傲的空間顯然比它的主人更為冷傲。小蘇向四周張望，這樣的家裡怎麼也不該沒有電視和電話的。汪博士怎麼也不該使自己的生活遠離電視電話的。小蘇一個人坐在沙發裡頭，想不起該做什麼事。小蘇的腦子裡空了一大塊，彷彿做了一個夢。這個夢一同被空調弄涼了，像在地下室，鬼氣森森地遊來蕩去，不見痕跡。小蘇在這樣的時刻追憶起手術，現在和那時是一樣的，空了一塊。但不是子宮，是在別處。

小蘇盼望汪老闆能早點回來。在這個空洞的午後小蘇唯一的盼望就是他能早點回來。這種盼望使小蘇無法面對自己。壞感覺籠罩了小蘇。這他媽的是怎麼回事，小蘇在心裡罵道，這他媽的是哪兒對哪兒？

（八）

阿娟一家四口一起從水泥樓梯上上樓。耿師傅在窗前對夏末說：「畫家，中午來喝酒。」夏末和小蘇走到門口，他們的兒子回家了。耿師傅把手伸到阿娟懷裡，小心地扒開孩子的兩片開襠，大聲說：「你看！你看！」夏末的手裡正捏著一支乾淨畫筆，他用畫筆在孩子的小東西上輕彈了一把。耿師傅說：「你看看，貨真價實！」阿娟只是笑，她的笑容裡一股奶香無聲飄拂。小鈴鐺不知道他們在高興什麼，伸出了兩手往上擠。阿娟側過身子給小鈴鐺看了一眼，她側身的時候露出了大半個乳房，又鼓又脹，血管都看出來了，墨藍藍地四處蜿蜒。耿師傅高聲關照說：「別做飯，到我家喝酒。」

夏末和小蘇的這頓酒吃得不喜氣。耿師傅交代完「喝酒」就開開心心回家了，夏末和小蘇回到屋子裡開始了無聲對視。夏末說：「去不去？」小蘇一臉不高興，但想起了雞湯，似乎總也抹不了這層面子。「都請了，」小蘇小聲說，「怎麼好不去。」夏末放下筆說：「總不能空手吧！」小蘇說：「當然不能空手了。」

小蘇和夏末在酒席上說了一屋子好話。阿娟的肚子癟下去了，兩隻大奶子卻在酒席邊晃來晃去，喜氣洋洋的。阿娟說：「吃！」阿娟說：「喝！」阿娟不會說話。不會說話的人就怕別人停筷子。小蘇和夏末都在心疼額外支出的一百塊，胸口不大通，有點心不在焉，嘴裡不停地說，「吃了」、「喝了」。

耿師傅捏住小鈴鐺的耳垂，開心地晃幾下。小鈴鐺似乎正為什麼事不開心。耿師傅大聲說：「丫頭，你可不能像過去那樣了，你爸媽顧不上你嘍。」小鈴鐺不知道爸爸在說什麼，只當是慣她，臉上鬆動些了，咬咬筷子衝著夏末和小蘇笑。阿娟說：「也慣她這麼多年了，對得起她了，總不能銜在嘴裡一輩子。」這麼說著話小兒子在草席上動了幾下小腿。阿娟走過去，拖著聲音輕聲說：「噢——又尿了，噢——你又尿了。」耿師傅放下酒盅湊上去，兩個人仔仔細細地又換又擦。耿師傅的酒有了四五分，提著他兒子的兩條腿，嘴巴伸到襠裡去，數快板那樣親一口說一句：「小雞巴，一厘五，有你爸媽不吃苦；小雞巴，一寸八，塞在襠裡走天下！」耿師傅和阿娟側倚在床上，似乎忘了家裡的客人了，他們逗著兒子，下巴掛在下巴的底下，張著嘴說：「噢！噢！噢！」

小蘇聽著耿師傅的快板，覺得好笑。她捂著嘴，卻不好意思笑出聲，只是用眼睛不停地瞟夏末。夏末的臉上突然很難看，正用一種嚴峻的目光注視著小鈴鐺。小蘇順著夏末的目光望過去，小蘇一看見小鈴鐺心裡就咯噔了一下，涼了一大塊。小鈴鐺正在看她父母慣弟弟。她的目光裡有一種瘋狂的氣息在九月的中午寒風凜冽。她的目光很直，從目光裡透視出來，像一道鐵軌，一輛火車沿著這道鐵軌向她的弟弟呼嘯而去。夏末和小蘇同時看見了這趟火車，他們不知道火車上裝的是什麼，但他們看見了危險，看到了一種巨大災難，這種災難一定會在未來某個日常時候驟然降臨。

小鈴鐺對自己失寵的程度並不明晰。她把希望賭在了父親身上。小鈴鐺和阿娟在那個中午最終鬧翻了，阿娟正忙著兒子，並不知道她和女兒的關係已經到了危險邊緣。阿娟把兒子的尿布丟在塑膠桶內，對小鈴鐺做了一個搓洗的手勢。這個手勢使小鈴鐺傷心不已。小鈴鐺一出了門就把那些尿布扔向了半空。一陣火車風推波助瀾，尿布在半空有了秋後落葉的蕭瑟跡象。阿娟在那個晚上再也沒有找到那些尿布。阿娟不停自語：「哪裡去了？怎麼都不見了？」

小鈴鐺扔完尿布就走向了巷口。一個下午她在那裡守候她的父親。她在等父親下班，父親的粗大巴掌會把她的內心委屈全部撫平的。父親下班時步履有點匆忙。小鈴鐺撲上去，站在父親的兩條腿中間，兩隻胳膊摟緊了父親的兩條腿。小鈴鐺仰著頭，在父親眼裡找自己。父親低了頭說：「弟弟好嗎？」父親很開心地掰開她的手，拉住她往回走。父親笑著說：「我們看弟弟去。」小鈴鐺把手鬆開了，父親的眼裡什麼也沒有了，就剩下弟弟的尿布潮漲潮落。小鈴鐺站在原處。

夕陽把她的影子平放在地上。她望著自己的影子，影子如她的聾啞狀態，又寂寞又漫長。夏末從對面走來，伸手拍了拍她的肥。小鈴鐺側過臉，伴隨著敵意讓掉了這次無聊撫摸。

（九）

小蘇坐在汪老闆家裡上班，她所做的工作很簡單，和時間比耐心。整個午後充滿了小蘇內心獨白。她以這種方式悄悄與自己周旋。這個家真的不能算家，像家的感覺說到底只不過是一筆買賣。小蘇坐在沙發上，彷彿生活在生活的背面。這是一種極其彆扭的感受，甚至讓你的哭泣都找不到悲傷由頭。

汪老闆回來得偏晚，帶回來一臉倦容。小蘇很快注意到汪老闆的習慣，回家後總是先站到窗前，用一隻指頭挑起百葉窗葉，靜靜地望著窗外。小蘇站在他的身後，守住他的沉默，有點尷尬。小蘇猶豫了片刻，說：「汪老闆，能不能在公司給我找一份活，做什麼都可以的。」汪老闆掉過頭，眼珠慢慢地移向小蘇。汪老闆不高興地說：「我給你的工錢不低了。」小蘇說：「我不要你給我加工錢，我就想有自己的一份工作。」汪老闆說：「你有自己的一份工作。」小蘇說：「這不是我的工作，我只是需要這筆錢。」

汪老闆給自己倒了一杯白開水。杯子很乾淨，小蘇透過玻璃甚至看得見汪老闆的指紋。指紋被放大了，像一張蜘蛛網。汪老闆的目光和那杯水一樣沒有任何實質性內容。他望著小蘇說：「你想做什麼？」小蘇的回答充滿自信，小蘇說：「我只想投入生活，我受過高等教育，我相信什麼都行。」汪老闆聽完小蘇的話目光敷散開來，變得鬆散憂鬱。汪老闆冷冷地說：「那就試試。」小蘇酒醒之後才知道自己醉了的，汪老闆給她的活不重，只是陪客人們吃吃飯。汪老闆交代好了，所有的事都由別人談，她只要坐在那裡，「陪陪就可以了」。小蘇入座時落落大方，顯得文質彬彬。小蘇坐在一邊，靜靜聽，一切都好好的，後來一個客戶向她敬酒。小蘇不能喝酒，可人家客客氣氣，也是文質彬彬的樣。人家敬酒的話說得滴水不漏，又合情又合理，一套一套的。小蘇被說得都感動了，要不喝下去小蘇自己都不好意思。後來小蘇就喝了。這一喝就開了頭，又站起來一個，同樣客客氣氣文質彬彬的樣，話說得更合情更合理，邏輯更為嚴密。小蘇不知道說什麼，只是賠著笑，只能又喝。大家一起對著小蘇熱情，小蘇都分不清誰是誰了。後來小蘇的笑全僵在臉上，只覺得不會笑。小蘇實在不能喝了，人家還是親切地勸，弄來弄去小蘇坐不住了，恨不得把酒杯砸到他們臉上去。可是人家笑容可掬，也不像存了什麼壞心思。小蘇每喝一口就像吃了一口蒼蠅，小蘇都快要哭了。後來總算是自己人仗義，給小蘇解圍，攙出去了。小蘇一出門就一陣嘔吐，丟了一地的人。

小蘇醒來時躺在一張沙發上。屋子裡沒有人。小蘇口渴得厲害，倒了水極猛地往肚子裡灌，灌了一半汪老闆卻推門進來。他的臉上沒有任何表示，就那麼冷冷地望著小蘇。傷心委屈和憤怒羞愧在小蘇的胸中一起往上衝。她的淚眼對著汪老闆，無助地對著汪老闆。小蘇側過臉，淚水湧上來了，兩隻肩頭聳得老高。汪老闆走到她的身邊，說：「在這個世上你只適合做兩樣工作：教師和醫生。可是你自己放棄了。」

「為什麼我就要做教師，」小蘇大聲說，「為什麼我就要到山溝裡去做教師，我偏不！」

小蘇帶回家一身酒氣。酒氣是一種頑強固執的氣味，只要它自己不肯消散，你怎麼洗也洗不盡。夏末隔了兩米遠就聞到小蘇身上的氣味了。小蘇一見到夏末委屈全上來了，產生了哭泣欲望。但小蘇不敢哭，酒氣和哭泣是女人身上很壞的組合，容易使男人往壞處想。小蘇扔下包，弄得若無其事。但她的臉色太難看，這一點她再裝也裝不掉。她的臉上是高強度做愛之後容易產生的那種青色，在夏末眼裡充滿了下流的饜足與茫然。

「你幹什麼了？」夏末嚴肅地問。

「同事們和我吃了頓飯，」小蘇說，「一點不喝總不好。」

「你幹嘛要喝醉？」

「沒有啊，我沒醉，」小蘇笑著說，「你看我醉了？」

夏末望著小蘇。她明擺著在說謊。她現在說謊都大義凜然了。夏末氣不打一處來，話從嘴裡橫著往外拖：「我看你都不知道自己醉成什麼樣了！」

這話戳到了小蘇的疼處。小蘇回了夏末一眼，委屈一衝上來就把她衝垮了。淚水把這個家弄得搖搖晃晃，小蘇打起精神傷心地說：「我是醉了，別人要有能耐也輪不到我出去醉！」小蘇在這個晚上撂下最後一句話，隨後火車把這個夜帶走了。

阿娟翻出了小鈴鐺的舊衣褲。這些舊衣褲小得早就裹不住小鈴鐺的身子了。阿娟決定在上午拿它們改成尿布片。阿娟怎麼也料不到小鈴鐺會做出那樣的舉動。她猜出了阿娟的心思，兇猛異常地撲了過來。小鈴鐺一手搶那些舊衣褲，一手奪那把剪刀。她不肯答應用自己的舊衣褲做尿布。這次爭奪伴隨了小鈴鐺的尖銳叫喊，那趟南下的列車都沒能蓋住小鈴鐺的叫聲。

阿娟不是一個壞性子的人。但性子不壞的女人發起脾氣來效果卻格外嚇人。阿娟起先捺著性子，毫無用處地大聲說：「給弟弟的尿布，是給弟弟做尿布！」阿娟甚至用手做了一個墊尿布的動作。小鈴鐺不依。她沒有任何理由地和她的母親開始了對打。阿娟後來給弄毛了，阿娟把剪刀拍在桌面上，騰出了巴掌，對著小鈴鐺的屁股啪啪就是兩下。這兩聲是從撩起的裙子中發出來的，極脆，床上的兒子都嚇哭了。阿娟說：「放下來，你放不放？」阿娟十分氣惱地用剪刀在那條小花褲子上剪了個口子，自語說：「都要死了，都把你慣得不認人了！」阿娟用力撕開了那條小花褲，撕裂的聲音裡賭了天大的氣。小蘇在隔壁聽到了紡織品的撕裂聲，套上裙子趕過去，阿娟的手上正提著好幾片花尿布。阿娟用指頭戳著小鈴鐺的腦門說：「不愛你，看你壞！不愛你，我只愛弟弟，我看你壞！」

小鈴鐺的悲傷模樣集中在嘴上。她的嘴一開一合，沒有聲音，像一條缺氧的魚。小蘇走到她的身邊，捂住她的臉，把她的頭攏在自己的腹部，輕聲問：「怎麼啦，小鈴鐺？」這個意外溫存傷透了小鈴鐺的心，她仰起臉，抱著小蘇的腰哭出了一種古怪聲音，哭出了一種令小蘇心碎的聲音。小蘇知道她想說話，卻又猜不出，毫無意義地問：「怎麼啦，你怎麼啦？」阿娟生氣地抱起兒子，對小蘇說：「不理她，阿姨不理她！不曉得她犯了什麼病，最近老是犯怪！」小蘇聽著小鈴鐺的哭聲，有一種說不出的心酸，小蘇說：「大姐，你哄哄她，你慣慣她不就完了。」阿娟抖著手裡的兒子說：「不能再慣了，我和她爸慣了她七年了，對得起她了。」阿娟拍拍兒子的屁股說：「就慣弟弟，不慣你，就慣弟弟，不慣你！」

小蘇回到自己的屋子。小蘇回到自己的屋子才發現夏末一早就不在了，她意外地發現夏末的畫布上插了一把水果刀。小蘇從畫布上取下刀子，正反看了又看，畫布上面有一個洞。小蘇拿著刀子想不出任何頭緒。是頭疼提醒了她，她想起了昨天，想起了昨天似乎有過的一場醉。小蘇在印象裡頭和夏末吵了，小蘇想了又想，怎麼也想不起吵了些什麼了。

直到中午夏末都沒有回來。小蘇在上班之前給夏末留了張條子，說了幾句溫存話。小蘇的腦子裡來來去去全是壞預感。小蘇背著包一個人下了樓去。小蘇走到地面時突然聽見身後有人和她說話，小鈴鐺跟出來了，她站在二樓的樓梯口，對小蘇擺手，做出「再見」的手勢。小鈴鐺向小蘇大聲說「再見」，她的發音極醜，聽上去像「帶電」，她站在樓梯口，臉上的蒼涼與面龐不相稱，像成人的化妝品。小鈴鐺準確地望著小蘇，用啞巴才有的音量大聲說：「帶電！」小鈴鐺的說話聲使她越發像個啞巴。她就會說這兩個字，別的心思成了她眼裡的風，只有風才能知道它們將吹向哪裡。傷心在小蘇的胸中東拉西拽。小蘇仰著頭，躲在淚花的背面打量小鈴鐺。小蘇知道她說「再見」的另一層意思，指望自己能早點回來。小蘇對樓上擺擺手，說：「再見。」

汪老闆和小蘇一人占了一張大沙發。百葉窗外是黃昏。黃昏時的憂鬱光芒從窗子裡扁扁地進來，使屋裡的瓷器與牆面一起顯現出黃昏靜態。汪老闆害怕黃昏。發財之後汪老闆多了這個毛病。黃昏在每一個黃昏悄悄追捕他。無論躲到哪裡黃昏都能準確無誤地逮住他，把他交給他自己，讓他自己對自己精明，自己對自己冷漠，自己對自己傲慢，自己對自己目空一切。黃昏是現代都市的冷面殺手，成了你的影子，在你的腳下放大你自己的陰影部分。黃昏這個農業時代的抒情詩人，就這樣被商業買通，在城市的每一個落日時分走街串巷，從事心智謀殺。

汪老闆端著那只杯子，杯子裡永遠是白開水。他的小拇指在玻璃平面上悄然蠕動。小蘇敏銳地看到了這個細部動作。汪老闆的目光很沉著，但他的小拇指說明了他的內心恍惚。小蘇不相信人的眼睛，眼睛再也不是當代人心靈的窗戶了，每一個當代人的眼睛都已經巧舌如簧了。小蘇相信人的手，你用一隻手去說謊，至少有另一隻手不。小蘇望著他的指頭，生活在每一個指頭上都有難度。

汪老闆把玩那只杯子，突然說：「你說，人發了財，最怕什麼？」

「破產。」

汪老闆無聲地笑，無聲地搖頭。汪老闆說：「不是。」汪老闆傾過上身，看著小蘇的兩隻眼睛，說：「是目光。」汪老闆怕小蘇聽不明白，挪出手伸出中指和食指做成「V」字狀，從鼻梁上岔了出來。「是目光。所有的人都用一種眼光正視我：商業眼光。至於別的，關懷、撫慰乃至性，只能是貿易。」

小蘇聽了「貿易」這話就多心了。小蘇掛下眼皮，覺得自己偷了他的錢，坐在一邊渾身不自在。「怎麼這麼說呢？」小蘇望著自己的腳尖說，「這麼說就沒意思了。」

汪老闆聽了這話不吱聲了。歪著嘴笑。男人歪著嘴笑內心都會產生一些古怪念頭。汪老闆岔開話題，很突兀地說：「我現在這樣站在講台上，像不像一個教授？」

「不像。」

「真的？」

「不像。」

「哪裡不像？」

小蘇想了想，說：「我不知道，反正不像。」

汪老闆站起身，走到了窗前。窗外的黃昏更黃昏了。汪老闆站了很久，他回過身時滿眼都是亂雲飛渡。「我一直想做一個教授的，」汪老闆很茫然地說，「這只是少年時候的一個想法。少年時代的想法害人，能讓人苦一輩子。當時我只是想，等我有了錢，就回來。生活就是回不來，失敗者回不來，成功者更回不來，生活就是這麼一點讓人寒心。」

「你要當教授做什麼？你比教授強一百倍。」小蘇很認真地說，「你只不過是虛榮罷了。」

汪老闆又是笑。汪老闆笑著說：「錢能買到榮譽，錢還真的買不來虛榮，小師妹。」

小蘇在汪老闆面前緊張慣了，看他這麼隨便，反倒老大的不自信。小蘇輕聲說：「我只是你的雇工。」

汪老闆嘆了口氣，說：「是啊，是一個階級與另一個階級。」

（十）

夏末在公司裡沒有找到小蘇。這樣的結局夏末始料不及。那位小姐回答得極有把握，「沒有這個人，絕對沒有這個人。」夏末得到這個回答很久沒有回過神來。他走進了電梯。電梯往下沉。夏末認定自己掉在井裡了，向大地的深處自由落體。

電梯把夏末帶回了地面，夏末踏在大理石地面反而有一種說不出的失望。肯定又是有誰說謊了，要麼是地面，要麼是電梯。

夏末到家之後靜靜地等待小蘇。他打開箱子，從箱子裡取出最後的幾張紙幣。紙幣又髒又皺，夏末把紙幣平舉起來，看了看防偽線。它們貨真價實。它們沒有說謊。毛澤東和他的同志們很親密地靠在一起。他們緊閉雙唇，目光嚴峻，滿臉憂心忡忡。即使是偉人到了錢上頭也很難親切慈祥的。夏末把紙幣塞到褲兜裡，打量他們的床，那張海藍色平面沒有半點液體感了，到處是褶皺，有了風的痕跡。夏末從小蘇的枕頭上拾起一根長髮，在指頭上繞來繞去。夏末開始追記小蘇的長相。夏末怎麼也沒能想得起來。夏末奇怪怎麼會想不起小蘇的長相的，天天生活在一起，那張臉居然成了他的記憶盲點。昨天晚上他們還在一起吵架的，居然會想不起長相了。但夏末一想起吵架小蘇的形象慢慢又回來了，她的醉態，她的說話口氣，一切重新栩栩如生。「我他媽的居然還去公司找她道歉，」夏末對自己說，「我他媽的居然還想給她一個驚喜！」小蘇比平時晚歸了一小時。她一到家就努力裝出開心的樣子，好像昨天沒吵過，生活從來就像那張床單，在陽光底下風靜浪止。小蘇手裡捏著兩包三五香菸，躡手躡腳向夏末的背影走去。她走得伸頭伸腦，像一隻雞。她把兩盒菸從夏末的背後揚過去。夏末回過頭，一眼就看出了小蘇的心思。夏末決定順水推舟。也很開心地抿嘴一笑，滿臉滿腮全是愛情。夏末接過菸，滿意地撕開香菸封口。夏末點上菸，猛吸了兩大口，說：「至少在抽菸的檔次上我們和世界是接軌的。」小蘇聽他的口氣，猜他過去了。

小蘇的十隻指頭岔在一起，按在夏末的肩頭，下巴擱在手背上，故意撒嬌說：「晚上吃什麼？」夏末笑而不答，說：「下次可別買這麼貴的菸了。」小蘇說：「今天加班，老闆開恩了，要不我才不買。」夏末說：「你們老闆我見過，是個瘸子。」小蘇知道他在胡扯，拖聲拖氣地說：「瞎說，人家才不瘸，人家好好的。」夏末聽了小蘇的話再也沒開口，他受不了「人家」那樣的口氣，臉上不好看了，三口兩口就把一支菸抽完了。小蘇瞟了四周一眼，知道他還沒燒飯。小蘇拿過圍裙，沒話找話，笑著說：「今天晚報上有個小幽默，笑死人了，說一個畫家和一個員警去打獵，他們躲在草叢中，好半天沒動靜，後來躥過來一隻野兔，畫家剛要開槍，員警卻跳了出去，大聲說：『站住，我是員警！』」小蘇說完了只顧自己笑，笑完了才發現夏末的臉已經繃緊了。幽默使夏末的臉色越發嚴肅。小蘇望著夏末的臉，笑容一點一點往下掉。小蘇說：「你怎麼啦？」夏末嚴肅地說：「你的幽默說錯了，是畫家去打獵，乒乒兩槍，卻打回來兩包香菸。」小蘇提著圍裙，臉不是臉，心裡沒底。小蘇茫然地說：「你到底怎麼了？」

「我下午到公司向你道歉去了。」

一列火車沒頭沒腦衝了過來，把所有的耳朵都嚇了一跳。夏末的故作鎮靜終於讓自己衝垮了。夏末在火車的「哐啷」聲中一腳踢翻了畫架，他的表情像一列出軌火車，夏末伸出指頭指著房門大聲吼道：「從出了這個門你他媽的就說謊，一直到今天晚上，現在！你他媽才幾天！」

隔壁傳來了嬰兒的驚哭聲。耿師傅大聲乾咳了一聲，意思全在裡頭。夏末把指頭從門口移向小蘇，壓低了聲音說：「從頭到尾都他媽的是個錯誤。」

這個靜態持續了很久。直到火車走出聽覺。這個靜態就這麼僵在原處。生活就這樣，選擇失敗呈現某個靜態。小蘇側過臉，下巴擱在了左肩，整個面容就全讓頭髮遮住了。夏末放下手。夏末在這個節骨眼上說出了不成熟的大男孩常說的話：「你有什麼好解釋的？」

小蘇傷心已極。這是一個錯誤。從一開始就是一個錯誤。小蘇傷心的話脫口就衝出來了。小蘇忘掉了耿師傅剛才的乾咳，雙手垂在原處，握緊了拳頭大聲喊道：「我解釋什麼？我是你什麼人？」

小蘇一個人坐在床邊。她沒有關門。門保持著夏末出走時的狀態。半開半掩。夏末走得極衝動，他用腳踢開門，門被牆反彈回來，只關了一半，保持了家的曖昧格局，似是而非。夏末下樓時一定踩空了最後一階樓梯，他給小蘇的最後聽覺是一組慌亂腳步，是失衡之後重新求得平衡時的慌亂腳步。小蘇的聽覺伸得很長，夏末沒有給她的聽覺留下任何餘音。然後小蘇的聽覺被夜色籠罩了，布滿了鐵軌，布滿了金屬緘默。

小蘇關上燈，用電爐點了根香菸。菸頭的猩紅光芒提示了某種孤寂，給了小蘇意外許諾。菸是個好東西。這個和事佬逮住誰就安慰誰。小蘇在抽菸時感覺到自己的脆弱，脆弱的民族一定是一個擁有大量菸民的民族，脆弱的時代一定也就是擁有大量菸民的時代。小蘇坐在這個失敗與錯誤的空間裡頭。四處是煙靄。

夜裡下起了雨，是那種介於雨與霧之間的網狀飄拂。小蘇站在陽台上，從鐵軌表層上的黑色反光裡知道了雨意。生活這會兒不知道躲在哪裡，不知道是在夜的乾處還是濕處。小蘇盼望生活能就此停下來，她現在唯一可以承受的只是生活靜態。

夜裡的雨在後半夜到底下下來了，到了早晨一切都涼爽乾淨了。一場秋雨一場涼，雨後的早晨居然晴朗了，涼絲絲地秋高氣爽。小蘇刷牙時耿師傅正好去上班。耿師傅對小蘇客氣地點點頭，眼神裡頭有些複雜，但什麼也沒問。耿師傅這個人不錯，他什麼也沒問。小蘇就怕他問。她的生活經不起任何提問了。耿師傅扛了那只鐵道扳頭，上班去了。小蘇刷牙時沒敢回頭，她知道耿師傅從窗口經過時一定會向屋裡打量的。小蘇沒回頭。她突然學會在微妙的關頭掩耳盜鈴了。

一個上午小蘇都把自己反鎖在屋子裡。小蘇點上菸，百無聊賴，小蘇拿起夏末留下來的那些顏料，一根一根往外擠。破畫布上一下子繽紛妖嬈了。小蘇擠完所有的顏料往後退了幾步，覺得自己是個畫家了。這幅畫真的像城市的街面，呼啦啦一派繁榮景象，光怪陸離，喧鬧昌盛。小蘇給這幅畫起了個名字：城市。小蘇拿起筆，選擇了一塊上好地段，決定給自己畫一幢房子。小蘇只動了一兩筆，卻弄壞了，糊了一小塊。小蘇放棄了自己的房子，只想改回來，又動了幾筆，卻越動越壞了。小蘇看著自己的傑作轉眼就成了廢品，老大的不甘，動來動去把一幅畫全動得不成樣子了。小蘇的心情壞了，拿著筆只是亂塗抹，塗來塗去鮮麗的色彩竟沒了，只剩下一張灰。這個城市居然如此脆弱，僅僅是家的願望就使一派繁華變成了一張灰。

隔壁傳來了阿娟的聲音。阿娟說：「打醬油去！」小蘇猜得出阿娟是在和小鈴鐺說話。阿娟說：「你打不打？」沒有聲音。小蘇想像得出小鈴鐺眼裡的模樣。阿娟說：「你不打，中飯你也別吃！」小蘇看見阿娟一個人從窗口出去，她的手裡提了一只空醬油瓶。

嬰兒的驚啼是在不久之後發出來的。小蘇起初沒有留意，但小蘇立即聽出聲音不對了。小蘇衝出門，走到阿娟家門口，小鈴鐺正提著剪刀傻立在堂屋中央。她的臉上有一種瘋狂的東西飛速穿梭。她的弟弟仰在床上，手腳在半空亂舞。他的哭聲不大，但有一種極其可怕的力量蘊涵在啼哭裡頭。小蘇撲過去，小蘇在撲過去的過程中聽到了剪刀墜地的聲音，被水泥顛了兩下。小鈴鐺的弟弟緊閉了雙眼，小臉漲得通紅。他的襠部全是血，模糊了一大塊。他的小東西沒有了，只有一塊鮮紅的斷口。小蘇轉過身，小鈴鐺半張著嘴癡呆地望著她。小鈴鐺的手伸過來了，弟弟的小東西在她的手上。螺絲狀，極短的一塊。小蘇慌忙回頭。小蘇趴在自己屋子的北窗，遠遠地看見阿娟正在巷口和一個女人說笑，她的手上的醬油瓶還是空的。小蘇失聲叫道：「阿娟！阿娟！」

畢 飛 宇 作 品 集 12

生活邊緣

國家圖書館出版品預行編目（CIP）資料

生 活 邊 緣／畢 飛 宇 作 . -- 初版 . -- 臺北市 : 九歌 , 2020.5
面； 公分 . -- (畢 飛 宇 作 品 集 ; 12)
ISBN 978-986-450-289-9(平裝)
857.7 109004465

作　　者——畢飛宇
責任編輯——林瑞
創 辦 人——蔡文甫
發 行 人——蔡澤玉
出　　版——九歌出版社有限公司
台北市 105 八德路 3 段 12 巷 57 弄 40 號
電話／02-25776564・傳真／02-25789205
郵政劃撥／0112295-1

九歌文學網 www.chiuko.com.tw

印　　刷——晨捷印製股份有限公司
法律顧問——龍躍天律師 ・ 蕭雄淋律師 ・ 董安丹律師
初　　版——2020 年 5 月
定　　價——280 元
書　　號——0111412
I S B N——978-986-450-289-9 （平裝）